I0648841

A. Züricher

**Die Bundesrevision und der Volkstag in Solothurn**

A. Züricher

**Die Bundesrevision und der Volkstag in Solothurn**

ISBN/EAN: 9783741192845

Hergestellt in Europa, USA, Kanada, Australien, Japan

Cover: Foto ©Andreas Hilbeck / pixelio.de

Manufactured and distributed by brebook publishing software
(www.brebook.com)

A. Züricher

# Die Bundesrevision und der Volkstag in Solothurn

# Die
# Bundesrevision

und der

# Volkstag in Solothurn.

Von

## A. Züricher,

Präsident des schweizerischen Volksvereins.

———o•⦵•o———

Bern.
Buchdruckerei Jent & Reinert.
1873.

# I.

# Allgemeine Weltlage.

Nach dem Sturze Napoleons I. erfand die heilige Allianz das System des Europäischen Gleichgewichtes. Dieses, nur zur Lebensfristung veralteter Staatengebilde und zur Wahrung hochkonservativer Interessen erfundene System, das Jahre lang gleich einem Alp auf Europa lastete, wurde durch die Revolutionen der Dreißiger= und Vierziger=Jahre zwar erschüttert, aber erst durch die Kriege von 1859 und 1860 und die Schöpfung des Königreichs Italien gründlich beseitigt. Napoleon III., den Zug der Zeit nicht verkennend, setzte an die Stelle des Europäischen Gleichgewichts das Nationalitätenprinzip und wußte durch dieses Prinzip, das er freilich je nach Bedürfniß bald mit Sprachgenossenschaft, bald mit natürlichen Grenzen identifizirte, Frankreich für einige Jahre einen über= wiegenden Einfluß zu erringen.

Mit dem Krieg vom Jahr 1866 und der Schöpfung des Nord= deutschen Bundes hatte die Vorherrschaft Frankreichs ein Ende, mit dem Krieg von 1870 sollte diese Vorherrschaft wieder erlangt und Deutschland dafür gezüchtigt werden, weil es das von Frankreich proklamirte Nationali= tätenprinzip auch für sich in Anspruch genommen. Allein der muthwillig heraufbeschworene Krieg führte nicht nur zur tiefen Demüthigung Frank= reichs und zum Sturz seines Kaiserthrones, sondern gab Deutschland auch seine langersehnte Einheit und damit eine Machtstellung, welche gegenwärtig unbedingt die erste auf dem europäischen Kontinent.

Trotz seiner unerhörten Niederlage, seiner materiellen Einbußen und des Verlustes zweier Provinzen ist aber Frankreich physisch und moralisch nicht gebrochen. Dank jener wunderbaren Elastizität des Geistes, die ihm eigen, und Dank der reichen Hülfsquellen seines Landes hat das fran=

zöfische Volk in kurzer Zeit seine innern zerrütteten Zustände auf eine, unsere republikanischen und protestantischen Augen allerdings wenig ansprechende Weise geordnet, sein Finanzsystem geregelt, sein Heerwesen nach den Erfahrungen des letzten Krieges von Grund aus umgestaltet. Das einzige Gefühl, das ganz Frankreich beherrscht, ist das der Revanche und daß sich dieses Gefühl wenigstens in der Armee mehr und mehr zum festen Willen gestaltet, beweist ihre unausgesetzte Thätigkeit. Der Offizier, der unter dem Kaiser flanirte, arbeitet jetzt, und es mag eine noch wenig bekannte Thatsache sein, daß die französische Militärliteratur seit dem letzten Kriege eben so Vieles und vielleicht eben so Gutes, als je die deutsche, zu Tage gefördert.

Es unterliegt keinem Zweifel: das letzte Wort, wo Europa seinen Schwerpunkt oder wie es ein natürliches, auf gesunde nationale Staatenbildungen und freiheitliche Entwicklung der Völker gegründetes Gleichgewicht finden soll, dieses letzte Wort ist noch nicht gesprochen. Ein neuer schwerer Kampf bereitet sich vor; ob in zwei, in fünf, in zehn Jahren, wer kann das wissen?

Neben der Eifersucht und dem Ringen der verschiedenen Nationalitäten gegen einander sehen wir noch zwei große, über die Grenzen der Staaten und Völker weit hinausreichende Gegensätze: die internationalen Gegensätze auf sozialem und die internationalen Gegensätze auf kirchlich-religiösem Gebiet. Zwar die erstern sind vorläufig in den Hintergrund getreten; die rothe Internationale, über welche seit dem Fall der Pariser Kommune in den meisten einander sonst feindlichen Staaten das übereinstimmende vaeh victis ergangen, ist in sich gespalten und desorganisirt. Aber die sozialen Gegensätze selbst bestehen fort; in den großen Städten Europas gähnt noch immer die furchtbare Kluft zwischen Reich und Arm. Ueberfluß, Herzlosigkeit und lukullisches Wohlleben, Aktien- und Börsenschwindel auf der einen, saurer Kampf ums tägliche Brod, Neid, vermehrte Bedürfnisse und Begierden auf der anderen Seite: das sind keine Grundlagen für feste, dauernde Friedenszustände, das sind Zündstoffe, die nur günstiger Gelegenheit, schwerer politischer Krisen bedürfen, um die verzehrende Flamme zu erzeugen.

In viel direkterer Beziehung, als die sozialen, stehen die kirchlich-religiösen Gegensätze zur gegenwärtigen Politik. Obgleich auch diese Gegensätze über die Gränzen der Staaten und Völker weit hinausreichen, so haben sie doch in jüngster Zeit eine nationale Färbung dadurch an= genommen, daß die beiden feindlichen Großmächte, Deutschland und Frankreich, recht eigentlich zu Vertretern der beiden kirchlichen Haupt= strömungen geworden sind. Schon unter der Herrschaft Napoleons III. spielten geheime Fäden zwischen Rom und Paris, und sehr wahrscheinlich war der Umstand, daß die Proklamirung der päpstlichen Unfehlbarkeit fast gleichzeitig mit der Kriegserklärung an die protestantische Großmacht Preußen erfolgte, kein ungefähres Zusammentreffen.

Der Ausgang des Krieges machte auf das Gemüth des tapfern und hochherzigen, aber durch Selbstüberschätzung geblendeten französischen Volkes einen erschütternden Eindruck. Leichtlebig und gutmüthig in gewöhn= lichen Zeiten, fällt der Franzose doch in Zeiten politischer Krisen hin und wieder in einen Paroxismus, der einen gewissen dämonischen Zug in seinem Wesen unverkennbar hervortreten läßt. Praktiker, Realist nach Anlage und Geschmack und nicht gewohnt, viel über religiöse Gegenstände nachzudenken, findet er, wenn plötzlich ein Weltereigniß, das den gewöhn= lichen Gang der Dinge durchbricht, ein großes Nationalunglück an ihn herantritt, keinen festen Halt in seiner Vernunft; er wird entweder Fana= tiker des Unglaubens, Jakobiner und Kommunard, oder er wird Fanatiker des Aberglaubens und sucht die Kraft zu seiner Erhebung in mystischer Ekstase. Groß in seinen Tugenden, in seiner Aufopferungsfähigkeit, seinem Patriotismus, seinem Heldenmuth, ist der Franzose — wenigstens der ungebildete — in solchen Zeiten ebenso groß in seinen Fehlern und Ver= irrungen. An die Stelle seiner sonstigen liebenswürdigen Eigenschaften tritt als ein eigentliches nationales Merkmal ein finsterer, schwärmerischer, blutdürstiger Geist, der den Franzosen als Menschen zwar erniedrigt, als Staatsbürger und Krieger aber befähigt, nach Außen eine große Kraft zu entwickeln. Die Albigenserkriege und Kreuzzüge, die in Frankreich ihren Anfang genommen, die Jungfrau von Orleans, die Bartholomäus= nacht, die Hugenottenkriege, die Dragonaden Ludwigs XIV., der rothe Schrecken der Jakobiner und Kommunards, der weiße Schrecken der Restauration und der Versailler, dieß sind Erscheinungen in der fran= zösischen Geschichte, die man bei der Beurtheilung der gegenwärtigen Weltlage wohl im Auge behalten muß; denn sie zeigen einerseits, wessen das französische Volk in gewissen Zeiten fähig ist und anderseits, daß nicht nur dem geläuterten religiösen Bewußtsein, nicht nur dem sittlichen

Willen, sondern auch dem Fanatismus eine gewisse, nicht zu unterschätzende Kraft inne wohnt.

Nicht das ganze, aber doch ein großer Theil des französischen Volkes befindet sich gegenwärtig in diesem religiösen Paroxismus, der von der Geistlichkeit mit allen Mitteln genährt und gefördert wird. Vom tiefsten Nationalhaß gegen Deutschland, vom brennendsten Durst nach Rache erfüllt, haben die Franzosen, soweit sie nicht Protestanten oder Republikaner sind, sich ganz in die Arme des Ultramontanismus geworfen und mit diesem unversöhnlichem Feinde des Protestantismus ein Schutz- und Trutzbündniß geschlossen. So, wie der ultramontane Franzose vom unfehlbaren Papste, von der Mutter Gottes und den Heiligen die Wiedervergeltung an Deutschland, so erhofft umgekehrt Rom von dem Nationalhaß und den Chassepots Frankreichs die Zertrümmerung der protestantischen und liberal-katholischen Reiche, die Aufrichtung einer jesuitisch-klerikalen Weltherrschaft. Und wahrlich! Die Hoffnungen Roms sind nicht ohne jede Aussicht auf Erfüllung. Oesterreich ebenfalls unter jesuitischem Einfluß, in Deutschland und Italien eine weitverzweigte ultramontane Agitation, im Hintergrunde das lauernde Rußland — sind das nicht für das deutsche Reich und Italien gefahrdrohende Wolken?

Mehr noch, als die unausgesetzte Thätigkeit in der französischen Armee, sind die Wallfahrten nach Lourdes, das Anwachsen der Gesellschaft des „heiligen Herzens" Vorboten des kommenden Stürmes. Die einzige Möglichkeit, Europa vor den Gräueln eines neuen Krieges zu bewahren, bestünde darin, daß in Frankreich noch in zwölfter Stunde ein Umschwung zu Gunsten der Republik eintreten würde. Aber dazu ist wenig Aussicht vorhanden; Fanatismus und Geld werden Chambord schon zum Throne verhelfen. Dann können wir sicher sein, daß der bevorstehende Nationalkrieg mit Deutschland trotz und zur Schande des 19. Jahrhunderts eine religiöse Färbung erhalten, mehr oder minder den Charakter eines Religionskrieges annehmen wird.

# II.

## Die Stellung der Schweiz und die gegenwärtigen Revisionsbestrebungen.

Angesichts dieser allgemeinen Weltlage sollten wir Schweizer Eines nicht vergessen: daß unser freies Alpenland unter den Mächtigen Europas gar viele Feinde hat. Wir sollten nicht vergessen, daß hüben und drüben, in Deutschland und Italien so gut, wie in Frankreich, die Hoffnung genährt wird, das Nationalitätenprinzip werde sich auch an uns feindlich bewähren, die Anziehungskraft der nationalen Centren werde unser kleines, aus drei verschiedenen Nationalitäten zusammengesetztes Volk früher oder später auseinanderreißen!

Diese Hoffnung soll, soweit es in der Macht unseres Volkes liegt, zu Schanden werden! Wohl ist das Nationalitätenprinzip, sofern es das Zusammengehörende vereinigen, das nicht Zusammengehörende trennen will, geschichtlich durchaus berechtigt. Aber mit dem Wort „Nationalität" darf kein Mißbrauch getrieben werden. Es gibt eine Nationalität, die höher und Ehrfurcht gebietender dasteht, als diejenige, die sich nur auf die Race, nur auf die Sprachgenossenschaft gründet. Es ist dieß die Nationalität, welche auf der Liebe zur gleichen Heimat, auf der gemeinsamen Geschichte eines Volkes, auf dem gemeinsamen Volkscharakter, auf dem Bewußtsein der geistigen und politischen Zusammengehörigkeit beruht. Eine solche Nationalität sind wir Schweizer, was bedarf es des Beweises? Ist doch der Stempel der gemeinsamen Bestimmung dem Schweizervolk unverkennbar auf die Stirne gedrückt, ist doch das Bild des gemeinsamen Vaterlandes dem Schweizervolk unauslöschlich in's Herz gegraben!

Das Nationalitätenprinzip haben wir nicht zu fürchten, wohl aber die Mißdeutung dieses Prinzips. Wollen wir Schweizer dieser Miß=

deutung vorbeugen, wollen wir im kommenden Sturm die Freiheit und Selbstständigkeit unserer Nationalität erhalten, so muß das nationale Gefühl, das uns erfüllt, vorher noch äußere Form und Gestaltung gewinnen, zur nationalen That werden. Vorher muß sich die schweizerische Nation aus ihrer äußern Zersplitterung, aus dem ganzen Nachlaß des alten, ohnmächtigen Staatenbundes herausringen, vorher sich enger und fester in sich zusammenschließen. Vorher noch muß sie in ihrer eigenartigen staatlichen und sozialen, in ihrer militärischen und rechtlichen Entwicklung den Anforderungen der Gegenwart gerecht werden. Nur dann kann die schweizerische Nation auf die Achtung Europas zählen, wenn sie gerüstet dasteht, wenn sie den andern Völkern — Dank dem Vorzug republikanischer Institutionen — in allen Kulturbestrebungen ein leuchtendes Vorbild bleibt und wenn sie durch die That Zeugniß ablegt von ihrer Lebensfähigkeit, ihrer Gesundheit, ihrer eigenartigen Bestimmung.

Das nationale Gefühl und der überwältigende Eindruck der großen Ereignisse von 1870 und 1871 waren es, welche den Revisionsentwurf vom 5. März 1872 ins Leben riefen. Dieser Entwurf mußte der unnatürlichen Allianz der Ultramontanen und Kantonesen erliegen. Allein die Ideen marschiren von selbst. Eine wahre Idee kann zwar momentan durch die Gewalt äußerer Umstände an ihrer Verwirklichung verhindert werden, früher oder später wird sie sich gleichwohl Bahn brechen. Daß mit der Verwerfung des letzten Entwurfes die Revisionsidee selbst nicht zu Grabe getragen war, daß sie sich umgekehrt im Geist und im Herzen des Volkes immer mehr Eingang verschafft, das zeigte schon der Ausfall der Nationalrathswahlen, der Umschwung in Graubünden und Neuenburg, die Wiederaufnahme der Revision durch die eidgenössischen Räthe. Mehr noch zeigte sich dieß in der Gründung und dem raschen Anwachsen des schweizerischen Volksvereins und in dem, von ihm veranstalteten schweizerischen Volkstag in Solothurn.

Schon stehen wir wieder an der Schwelle der Revision; schon liegen vor uns die Entwürfe des Bundesrathes, der nationalräthlichen und ständeräthlichen Kommission. Vom Centralkomite des schweizerischen Volksvereins sind sämmtliche Sektionen aufgefordert worden, diese Entwürfe zu prüfen und sich ernstlich zu fragen, ob und inwieweit sie dem in Solothurn ausgesprochenen Volkswillen entsprechen; ob und inwieweit der schweizerische Volksverein, während es noch Zeit ist und bevor noch die Bundes-

versammlung ihr letztes Wort gesprochen, auf eine gründlichere und all=
seitigere Reform unserer Bundeszustände hinwirken müsse.

Die am Solothurner Volkstag einstimmig angenommenen Resolu=
tionen sind der gemeinsame Ausdruck dessen, was die Herzen der Revisions=
freunde bewegt. Es ist wahr, auch das Volk kann sich irren, und ich
möchte mich am allerwenigsten zu denjenigen zählen, die das Volk für
unfehlbar erkären. Aber wenn je, so gilt in Zeiten innerer oder äußerer
Krisen, in Zeiten, wo eine große Idee, ein patriotisches Gefühl die Masse
bewegt, in Zeiten, wo nicht Klügeln und Abwägen, wo nur eine kühne,
nationale That helfen kann, — wenn je, gilt in solchen Zeiten das
Sprichwort: „Volkesstimme ist Gottesstimme"!

Die Zeiten sind sehr ernst. Wohl hat die Schweiz, mitten in den
Stürmen, die seit Jahrzehnten unser Land umtoben, mitten im Ringen
der Völker nach nationaler Einheit und Selbstständigkeit, mitten in den
Kämpfen der verschiedenen Nationalitäten gegen einander, bis jetzt ihre
Selbstständigkeit, die Unantastbarkeit ihres Gebietes bewahrt. Während
um uns her Staaten entstunden und Staaten vergingen, während alte,
hochberühmte Reiche von ihrer Höhe herabsanken und neue jugendfrische
Schöpfungen kraftvoll emporstiegen, blieb die Schweiz bis jetzt unberührt
von diesen Stürmen, ein neutraler Boden, eine Asylstätte für alle politisch
Verfolgten.

Aber dürfen wir hoffen, daß dies immer so bleiben wird? Sprechen
im Gegentheil nicht viele politische und militärische Gründe dafür, daß
gerade unser Land oder Belgien für den nächsten großen Nationalkrieg
als Kriegsschauplatz ausersehen ist? Als vor zwei Jahren die rothen
Hosen in unzählbarer Menge über den Jura hereindrangen und all'
unsere Thäler sich mit Flüchtlingen anfüllten, — durchzuckte da nicht die
Gemüther unseres Volkes eine Ahnung, daß auch für uns die Idylle
aufgehört und das Drama begonnen? Fiel es uns da nicht wie Schuppen
von den Augen, wie sicher wir uns bisher geträumt, wie nahe wir oft
dem Verderben gewesen, wie wunderbar wir bewahrt worden? Fühlten
wir da nicht auf einmal, wie eng verwoben unser Geschick mit dem
ganzen Umwandelungs= und Entwickelungsprozeß Europa's, wie leicht
von einem Tag auf den andern das gewohnte Bild des Friedens sich in
ein Bild des Krieges und der Zerstörung verwandeln kann? Klangen
uns die fremdländischen Laute, die wir hörten, klang uns das dumpfe

Rollen der Kanonen und Mitrailleusen auf dem Pflaster unserer Straßen nicht wie eine Mahnung, eine ernste und vielleicht letzte Mahnung, unser Haus zu bestellen, während es noch Zeit ist?

Darum, Revisionsfreunde, laßt uns hoch emporhalten das Panner mit dem weißen Kreuze im rothen Felde und uns enger und fester um dasselbe schaaren. Wohl wird dieses Zeichen keinen Eindruck machen auf diejenigen, die ihr Vaterland nicht in der Schweiz, sondern in Rom haben. Aber es gibt Andere, die einst, als ihr Blick noch nicht umflort war, mit der gleichen Liebe, mit der gleichen Begeisterung zu diesem Zeichen emporschauten. Bieten wir diesen, mit uns entzweiten Brüdern die Hand, suchen wir uns, ohne auf unsere großen Zielpunkte zu verzichten, mit diesen Kantonesen zu verständigen. Manches läßt sich vielleicht auf eine, für das Kantonalgefühl weniger verletzende Weise erreichen; Manches, das im letztjährigen Programme apodiktisch aufgestellt war, kann fakultativ gelassen werden. Sagen wir diesen Kantonesen, daß auch wir keine Anhänger einer bureaukratisch zugespitzten Centralisation sind, daß auch wir kein individuelles Leben unnöthig zerstören wollen. Prüfen wir noch einmal unbefangen all' ihre Bedenken, und suchen wir da, wo ein solches Bedenken irgendwie begründet erscheint, demselben gerecht zu werden.

Allein die Nachgiebigkeit hat ihre festen Grenzen. Da, wo das Leben selbst und seine Bedürfnisse aus den kantonalen Schranken hinausdrängen, da, wo durch diese Schranken die nationale Kraft und Würde der Schweiz beeinträchtigt wird, da wollen wir keine Konzessionen machen, da wollen wir die kantonalen Schranken getrosten Muthes niederreißen.

An unseren großen, in Solothurn aufgestellten Zielpunkten wollen wir unentwegt festhalten, und da, wo der Ernst der Zeit eine gründliche, allseitige Reform für unser Vaterland nothwendig macht, jede Nachgiebigkeit als Schwäche kennzeichnen.

# III.
# Militär.

(Solothurner Volkstag.) Allseitige Hebung und nationale Gestaltung unserer Wehrkraft.

Dieß ist eine Forderung, von der die Revisionspartei nicht abgehen kann und nicht abgehen wird. Niemand weiß, wie bald unserem Vater-land die Prüfungsstunde schlagen wird; aber das wissen wir: die Zeiten sind so ernst, der Uebelstände sind so viele, daß mit kleinen Verbesserungen und halben Maßregeln nichts gethan ist. Wir verlangen deßhalb eine sofortige, ganze und gründliche Umgestaltung unseres Wehrwesens.

Wenn wir von den Vorzügen absehen, welche das Milizsystem über-haupt vor den stehenden Heeren voraus hat, so müssen wir uns bekennen: unsere Armeeorganisation ist die schlechteste in ganz Europa. Wir sind ein kleines Volk und trotzdem haben wir es noch zu keiner nationalen Armee bringen können.

Wohl ist in Verfassung und Gesetzen viel von der schweizerischen Armee die Rede; in Wirklichkeit aber haben wir nur taktische Einheiten, daneben die 25 größern oder kleinern Armeeen der Kantone, und aus diesen 25 Armeeen oder Armeechen wird jeweilen im Fall der Noth das sonst nur auf dem Papier stehende Bundesheer zusammengeschweißt!

Wohl haben wir im Prinzip die allgemeine Wehrpflicht und wir bringen dieses Prinzip auch regelmäßig zur Anwendung, wenn wir irgend einen armen Teufel von Sektirer, der aus religiösen Skrupeln den Militärdienst verweigert, mit barbarischen Strafen belegen müssen; da-neben hat dieses Prinzip, Dank dem Skalasystem, Dank der gewissenhaften Kontrole der Kantone, nicht verhindern können, daß in unserm Vaterland Tausende und abermals Tausende von wehrfähigen Schweizerbürgern vom aktiven Militärdienst befreit sind, sei es nun, weil über sie gar keine

Kontrolle geführt worden, oder weil sie aus unstatthaften, nichtigen Grün= den, durch die Gunst irgend eines kantonalen Machthabers dispensirt worden sind.

Wohl haben wir eidgenössische Vorschriften über die Instruktion der Infanterie, aber sie verhindern nicht, daß nach 25 verschiedenen Instruktions= plänen gearbeitet wird und daß die von den Kantonen ertheilte Instruk= tion eine sehr ungleichartige ist. Während sie in einigen Kantonen — und als Berner darf ich Bern mit Stolz zu diesen Kantonen rechnen — wenig zu wünschen übrig läßt, steht dagegen in andern Kantonen die Ausbildung der Offiziere sowohl, als der Mannschaft, unter aller Kritik.

Wohl haben wir eidgenössische Vorschriften über die feldmäßige Aus= rüstung der Truppenkörper und die Verwaltung des Kriegsmaterials; allein es ist nicht lange her, daß in der Bundesversammlung konstatirt wurde, daß von allen 25 Kantonen nur 2 diesen Vorschriften nachgekommen; und die Garantie der kantonalen Verwaltung ist so groß, daß es bei dem plötzlichen Aufgebot im Jahr 1870 Kantone gegeben hat, welche während der ersten Wochen des Krieges, also gerade während der kritischen Zeit, ihren Bataillonen wegen Munitionsmangel nur 10, sage zehn Patronen verabfolgen konnten!

Welcher Schweizer, der vom Militär Etwas versteht, und es mit dem Vaterland ehrlich meint, will diesen Augiasstall nicht ausräumen helfen?

Allerdings werden von den Föderalisten gegen die projektirte Militär= reform sehr gewichtige Bedenken erhoben, Bedenken, die nicht so kurzhin abgefertigt werden können, sondern gründlich geprüft werden müssen. Die Föderalisten sagen: Durch eine allseitige Centralisation unseres Militär= wesens, durch die Abtretung des Kriegsmaterials, der Militärgebäude, der Aushebung, der Instruktion, der Verwaltung an den Bund, verlieren die Kantone jede militärische Bedeutung und damit auch einen wesentlichen Theil ihrer Souveränetät. Wohl ist ihnen scheinbar noch das Recht gelassen, über die Wehrkraft ihres Gebiets zu verfügen, aber um dieß zu können, müssen sie vorher vom Bund das nöthige Kriegsmaterial, Waffen und Munition, entlehnen; ja sie müssen, da sie keine militärischen Organe mehr haben werden, schließlich die Bundesorgane um Vermittlung angehen. Umgekehrt wird die schon jetzt bemerkbare Militärbureaukratie verzehnfacht; ein Heer von säbelrasselnden Bundesbeamten verbreitet sich über die ganze

Schweiz, unsere Republik wird durch die militärische Allmacht unserer Centralgewalt gefährdet.

Ich sage: Diese Bedenken sind nicht ganz aus der Luft gegriffen. Wohl mag es einzelne Bureaukraten und Säbelraßler geben, denen eine solche bureaukratisch zugespitzte, in's Extrem geführte Militärzentralisation sehr erwünscht wäre. Unser Ideal aber ist sie gewiß nicht.

Was verlangte der Volkstag in Solothurn? Eine nationale Organisation unserer Wehrkraft. Ist dieß etwa gleich bedeutend mit Centralisation? Durchaus nicht, denn wie in gewissen Beziehungen allerdings eine größere Centralisation zur Nothwendigkeit wird, so erfordert gerade ein gesundes, nationales Heerwesen in anderer Beziehung eine größere Decentralisation. Allerdings keine Decentralisation nach Kantonen.

Wir wollen eine nationale Organisation, im Gegensatze zur kantonalen. Vorerst muß das Prinzip der allgemeinen Wehrpflicht, das gegenwärtig nur auf dem Papier steht, einmal zur Wahrheit werden. Sowie von Bundeswegen jedem Schweizer die gleichen Rechte eingeräumt, sowie alle Vorrechte des Ortes und der Geburt abgeschafft worden sind, so sollen jedem Schweizer auch die gleichen Pflichten gegenüber dem Vaterland auferlegt werden. Deßhalb muß nicht nur das Skalasystem beseitigt, sondern es muß durch den Bund auch die Aushebung der Rekruten geregelt und besorgt, die Dienstpflicht der verschiedenen Altersklassen festgesetzt, über alle wehrfähigen Schweizer, also auch über Diejenigen, welche nicht mehr im Bundesheer dienen, eine Kontrole geführt werden. Besondere kantonale Truppenkörper sollen nicht mehr zugelassen sein.

Zu einer nationalen Organisation gehört ferner, daß der Bund, sowie er von Jedem das Gleiche fordert, Jedem auch das Gleiche gibt: Waffen, Kleider und Ausrüstung. Die Unterstützungspflicht des Bundes gegenüber den Wehrmännern, die im eidg. Dienst verunglücken, darf nicht nur auf dem Papier stehen, sondern es muß im Anschluß an die Winkelriedstiftung schon im Frieden für Aeuffnung eines hinreichenden Fonds gesorgt und der Bund dadurch in die Möglichkeit gesetzt werden, seine Unterstützungspflicht auch zu erfüllen. Am Besten würde dazu verwendet ein Theil des jährlichen Ertrages der Militärpflichtersatzsteuern.

Zu einem nationalen Heer gehört ferner mit absoluter Nothwendigkeit Einheit und Gleichartigkeit der Eintheilung, der Verwaltung und der Instruktion. Bei der Eintheilung der Armee soll die Größe und Anzahl ihrer Glieder ausschließlich nach militärischen Gründen bestimmt werden. Militärisch sind aber die natürlichen Glieder der Armee die Armeedivisionen und die Divisionsbezirke, nicht die in ihrer Größe und Konfiguration so verschiedenartigen Kantone. Nun wird Jedermann zugeben müssen, daß unsere Armeedivisionen so lange nur auf dem Papier bestehen, als die ganze Friedensthätigkeit der Armee durch das Medium der kantonalen Militärdirektionen, der kantonalen Instruktoren, der kantonalen Kommissariate, der kantonalen Zeughausverwaltungen stattfinden muß. Soll unser Heerwesen gesunden, soll unsere Armee in Wahrheit eine nationale, feldtüchtige Armee werden, so muß jenes Medium sämmtlicher kantonaler Instanzen aus dem Organismus der Armee gründlich und vollständig hinausgedrängt werden. Dagegen fällt es uns allerdings nicht ein, an die Stelle der kantonalen Beamtungen ein Heer von ständigen Bundesbeamten zu setzen.

Was wir nicht wollen, im Einverständniß mit den Föderalisten nicht wollen, ist eine Militärbureaukratie. Um dieselbe zu vermeiden, um in Wahrheit zu einer gesunden, nationalen Heeresorganisation zu gelangen, muß an die Spitze der Organisation Ein großes Prinzip gestellt werden, das wegen seiner politischen, wie militärischen Tragweite schlechterdings die Aufnahme in die Bundesverfassung verlangt. Es ist dieß das Prinzip der Selbstverwaltung der einzelnen Truppenkörper.

Wir wünschen eine ganz kleine Anzahl von ständigen Verwaltungsbeamten und Angestellten, in der Hauptsache aber als Verwaltungsorgane die Organe des Bundesheeres selbst, die Kommandanten, Offiziere, Kommissäre 2c. der verschiedenen Einheiten!

Jede Armeedivision sorgt auch im Frieden für alle ihre Bedürfnisse selbst, ihr Kommandant überwacht nicht nur die jährliche Aushebung der Rekruten, die Instruktion und Ausrüstung, sondern auch die ganze Verwaltung des Kriegsmaterials.

Ebenso wird das Kriegsmaterial der Brigade im Bezirk derselben unter Aufsicht des Brigadekommandanten verwaltet. Bei der Halbbrigade (Regiment) deßgleichen.

In der taktischen Einheit der Infanterie, im Bataillon, gelten für die Verwaltung folgende Grundsätze:

Das Kriegsmaterial, so weit möglich, wird dem einzelnen Manne verabfolgt. So vor Allem aus die Waffe. Das übrige Kriegsmaterial, das zur feldmäßigen Ausrüstung des Bataillons gehört (Munition, Kapüte, Decken, Vorrathskleider, Kochgeräthschaften, Fourgons, Caissons 2c.), wird im Stammbezirk des Bataillons selbst magazinirt und unter der Kontrole und Verantwortlichkeit des Bataillonskommandanten und der damit beauftragten Offiziere durch eine geeignete Persönlichkeit im betreffenden Bezirk verwaltet.

Wenn man in der künftigen Armeeorganisation die Dreitheilung (Auszug, Reserve und Landwehr) adoptirt, so wird jeder Bataillonsbezirk 3, wenn man die Zweitheilung adoptirt, 2 Bataillone umfassen. Gewiß befindet sich nun fast in jedem Bataillonsbezirk, namentlich in den Amtssitzen, ein geeignetes, festes und trockenes Gebäude, in welchem das Kriegsmaterial für die 2, resp. 3 Bataillone sicher untergebracht werden kann. Falls da und dort ein Anbau für Unterbringung der Fuhrwerke nöthig sein sollte, so wäre dies keine große Sache.

Ebenso wird sich in jedem Bataillonsbezirk irgend eine geeignete Persönlichkeit, etwa ein alter Militär, finden lassen, um gegen ein mäßiges Honorar das Kriegsmaterial der 2 oder 3 Bataillone zu verwalten. Von Zeit zu Zeit müßten selbstverständlich einzelne Offiziere mit der Inspektion beauftragt, von Zeit zu Zeit einzelne Soldaten des Bezirkes aufgeboten werden, um beim Reinigen der Gegenstände, Ausklopfen der Decken 2c. mitzuhelfen; kurz, das Ganze wäre eine höchst einfache, wenig kostspielige Sache und die praktische Ausführung des Grundsatzes der Selbstverwaltung bei gutem Willen mit sehr geringen Schwierigkeiten verbunden.

Bei dieser großen Decentralisation, bei dieser bis auf die einzelne taktische Einheit, das Bataillon (oder wenigstens bis auf das Regiment), herabgehenden Selbstverwaltung der Armee würden die berechtigten Befürchtungen der Föderalisten von selbst dahinfallen. Diese sich selbst verwaltenden Truppenkörper wären gegen die Militärbureaukratie eine viel größere Garantie, als es je die Kantone gewesen sind und sein werden. Ein säbelrasselndes Bundesbeamtenthum würde zur Unmöglichkeit, centralistische Allgewalt wäre da nicht mehr zu befürchten, wo die Waffe in den Händen des Mannes, die Munition im Stammbezirk der taktischen Einheit sich befände. Aber auch die Kantone hätten bei diesem Prinzip der Selbstverwaltung ihren Vortheil. Während sie allerdings als ungehörige Glieder mit Recht vollständig aus dem Organismus der Armee hinausgedrängt werden, ist es ganz gut zulässig, daß sie, als politische Gewalten, zu der

Armee und auch zu ihren einzelnen Gliedern, ja bis zur taktischen Einheit herab in einem gewissen Verhältniß stehen, das ihnen zur Aufrechthaltung der Ruhe und Ordnung im Innern gemeinsam mit dem Bunde
die Kontrole und die Verfügung über die Wehrkraft ihres Gebietes ermöglicht. Wenn das Prinzip der Selbstverwaltung der einzelnen Truppenkörper konsequent durchgeführt wird, so braucht ein Kanton zu einem
Truppenaufgebote keiner Vermittlung des Bundesrathhauses, er braucht
aber auch keine besondere kantonalen Militärorgane. Er wendet sich einfach
an den Kommandanten des betreffenden Truppenkörpers (Bataillons, Regi-
ments 2c.) und ertheilt ihm den Befehl, durch sein Bureau die Truppe
aufbieten zu lassen. Ein kantonales Militärbureau, Kommissariat, Zeug-
haus ist da ganz überflüssig, die Truppe ist ja bereits im Besitz von
Allem, was sie nöthig hat, um in's Feld zu rücken.

Diese Decentralisation, diese Selbstverwaltung der einzelnen Truppenkörper hat aber nicht nur große politische, sondern noch größere militärische
Vorzüge. Sie ist nicht nur eine Garantie gegen die — von den Föderalisten mit Recht bekämpfte — bureaukratische Allmacht der Centralgewalt,
gegen ein Ueberwuchern des Beamtenthums, sondern sie ist auch ein Mittel, die Kontrole über die Verwaltung des Kriegsmaterials unendlich zu
vereinfachen und die raschere Mobilisirung des Bundesheeres zu ermöglichen. Beim gegenwärtigen System hat gerade die übergroße Centralisation der Verwaltung in verschiedenen Kantonen, wie z. B. Bern, und
die dadurch erschwerte Kontrole und Mobilisirung wiederholt zu großen
Uebelständen geführt.

Da ich gerade vom Kriegsmaterial und von der Nothwendigkeit
einer Decentralisation der Verwaltung rede, so muß ich hier nothwendig
auf eine Spezialität eintreten, die wegen ihrer ungeheuren Wichtigkeit
nicht nur in den Gesetzen, sondern schon in der Verfassung berührt sein
sollte. Es betrifft dies die Errichtung mehrerer **Patronenfabriken** in
den verschiedenen Landesgegenden der Schweiz.

Bekanntlich besitzt die Eidgenossenschaft nur eine einzige Patronenfabrik, diejenige in Thun; die Fabrik bei Köniz fabrizirt nur Hülsen,
ist mithin nur ei: Appendix von jener.

Nun hat ein angesehener Staatsmann, der leider gegenwärtig in
den Reihen unserer Gegner steht, bereits vor drei Jahren diesen Uebelstand hervorgehoben. Hr. Nationalrath Ruchonnet hat in der Sitzung

des Nationalrathes im Dezember 1870 in einer ausgezeichneten Rede darauf hingewiesen, daß die Errichtung mehrerer Patronenfabriken in verschiedenen Landesgegenden für die Schweiz nicht nur sehr wünschenswerth, sondern unter Umständen geradezu eine Lebensfrage sei. Auch die HH. Roguin und Aepli haben im Ständerath die gleiche Ansicht sehr warm verfochten.

Warum der Chef des schweizerischen Militärdepartements, dem unser Heerwesen sonst so viel zu verdanken hat, gerade in dieser hochwichtigen Frage den berechtigten Wünschen der Waadtländer Deputirten entgegengetreten, ist uns noch heute unerklärlich. Jedenfalls hat der Umstand, daß die Bundesversammlung damals die Motion der HH. Ruchonnet und Consorten der Hauptsache nach verworfen, nicht dazu gedient, das Mißtrauen unserer Föderalisten in das eidgenössische Wehrwesen und in die eidgenössische Kriegsverwaltung zu beseitigen.

Warum ist die Erstellung mehrerer Patronenfabriken für die Schweiz eine absolute Nothwendigkeit?

Erstens, weil eine einzige Fabrik im Kriegsfalle nicht im Stande ist, rasch genug die nöthige Anzahl Munition zu erstellen. Unsere Fabrik in Thun kann täglich nur 100,000, vielleicht im Nothfalle 150,000 Patronen fabriziren. Für den Laien eine ungeheure Zahl, für den denkenden Militär sehr wenig!

Sollte uns das Verhängniß treffen, in einen Krieg zwischen Frankreich und Deutschland, vielleicht auch Oesterreich und Italien hineingezogen zu werden, so wird es dann selbstverständlich nicht mehr von uns abhängen, einseitig mit dieser oder jener Macht Frieden zu schließen, auch im Falle einer Niederlage nicht. Soll unser Land nicht den Kriegsschauplatz für beide streitenden Parteien abgeben, so müssen wir, einmal angegriffen, gegenüber unserem Angreifer auch ausharren bis zu Ende, sonst sitzt uns die andere Partei auf dem Nacken. Davon ist aber dann keine Rede, daß die Sache mit einem oder mit zwei Treffen abgethan ist, sondern der Krieg kann auch für uns ein oder zwei oder noch mehr Jahre andauern.

Wie verhält sich nun zu einer solchen Eventualität die Leistungsfähigkeit unserer einzigen Patronenfabrik? Haben wir einen Gegner, der energisch vorgeht, so müssen wir doch gewiß die Möglichkeit annehmen, daß wir nicht nur einen gemüthlichen Postenkrieg zu führen, kleine Vorpostengefechte zu liefern haben. Nein, wir müssen uns auf Schlachten, wirkliche Schlachten gefaßt machen. In diesem Falle ist es aber sehr leicht möglich, daß unser — überdieß viel zu kleiner — Patronenvorrath schon in 10 Tagen auf der Neige ist. Man soll, um das Gegentheil zu beweisen, nicht mit dem Kriege von 1866 und dem verhältnißmäßig sehr geringen Munitionsverbrauch der Preußen exemplifiziren. Damals, als Hinterlader gegen Vorderlader stund, machte sich die Entscheidung sehr rasch; überdieß werden unsere Miliztruppen sich nie eine preußische Feuerdisziplin aneignen. Im letzten Kriege, so namentlich in der zweiten Hälfte desselben, und bei der Belagerung von Paris war der Munitionsverbrauch zeitweise ein ganz enormer.

Unser Repetirgewehr ist eine ausgezeichnete Waffe, aber nur, wenn man sie gehörig speist; denn im Kriegsfalle wird sie unsere Munition mit rasender Schnelligkeit aufzehren. Also muß für Ersatz, reichlichen Ersatz der Patronen gesorgt sein. Wie steht es mit diesem Ersatz, wenn nach 10 Tagen, nach einer oder zwei Schlachten unsere Armee oder größere Theile der Armee ihre Munition verschossen haben? Das Quantum Patronen, das unsere Fabrik täglich fabrizirt, genügt nur zur Speisung eines einzigen Bataillons; mithin das Quantum, das in 10 Tagen erstellt werden kann, höchstens zur Speisung einer Division. Deßhalb müssen wir in den Stand gesetzt werden, im Kriegsfalle nicht nur 100,000 bis 150,000, sondern mindestens 700,000 bis 1,000,000 Patronen täglich zu fabriziren.

Ein zweiter, ebenso gewichtiger Grund für die Nothwendigkeit mehrerer Patronenfabriken besteht in der Möglichkeit, daß unserer einzigen Patronenfabrik ja irgend ein Unfall zustoßen könnte. Ist es nicht ein unheimlicher Gedanke, daß im Kriegsfalle das Wohl und Wehe der gesammten Wehrkraft unseres Landes von einem einzigen Gebäude und zwei Maschinen abhängt? Wie leicht kann ein Gebäude durch eine Feuersbrunst oder Explosion zerstört, wie leicht durch Nachlässigkeit oder Böswilligkeit oder durch ein Naturereigniß irgend etwas an einer Maschine verdorben werden, daß dieselbe für längere Zeit nicht mehr in Betrieb gesetzt werden kann? Ist nicht vor sechs Jahren die Patronenhülsenfabrik in Könitz ein Raub der Flammen geworden?

Es ist noch ein anderer Fall denkbar. Eine französische Armee bricht in unser Land ein, wir haben das Unglück, eine Schlacht zu verlieren. Wir werden zurückgedrängt, zur Aarelinie, über die Aarelinie hinaus bis zur Emmenlinie. Dort setzen wir uns fest, unsere zerstreuten Streitkräfte sammeln sich wieder, die gesammte Armee ist bereit zu einem kräftigen Vorstoß. Allein es beginnt an Munition zu fehlen, viele Caissons sind leer, auch die Patrontaschen sind leichter geworden. Lägen nun eine oder zwei Patronenfabriken hinter unserem Rücken, in Luzern oder Zürich, so wäre dem Uebelstande von einem Tag auf den anderen abgeholfen. Allein unsere einzige Patronenfabrik in Thun ist natürlich durch ein Detaschement des bis zur Aarelinie vorgedrungenen feindlichen Heeres besetzt, unsere einzige Lebensader vollständig unterbunden. Was wollt Ihr nun thun, Ihr Herren Obersten, die Ihr im Frieden die Nothwendigkeit mehrerer Patronenfabriken nicht einsehen wolltet? Unsere Armee mit ungenügender Munition gegen den Feind führen? Werden die Soldaten Euch folgen, oder werden sie nicht vielmehr nach Verrath schreien?

Alles kann sich in der Weltgeschichte wiederholen. Aus dem Jahre 1798 haben wir ein Volkslied, das die Thaten der Berner gegenüber den Franzosen besingt und bei dem jede Strophe mit dem Refrain schließt:

> Aber sie gaben uns keine Munition,
> Darum liefen wir davon!

Gegen die Erstellung mehrerer Patronenfabriken wird vielleicht der Kostenpunkt geltend gemacht werden. Aber es handelt sich ja nur um Erstellung der nöthigen Gebäulichkeiten und um Anschaffung der Maschinen, damit die Fabriken im Kriegsfalle sofort in Thätigkeit gesetzt werden können. Es fällt mir nicht ein, vorzuschlagen, daß in Friedenszeiten mehr als eine Fabrik in Thätigkeit gesetzt werden solle.

Ferner wird hervorgehoben werden: Wenn schon die Fabriken erstellt sind, so fehlt ja, um sie in Betrieb setzen zu können, das nöthige Personal. Schafft doch das nöthige Personal her! Es gibt in unserem Vaterlande Tausende, die wegen irgend eines kleinen körperlichen Gebrechens zum gewöhnlichen Militärdienste untauglich sind, aber ganz gut zur Patronenfabrikation verwendet werden könnten. Laßt diese Leute durch die ständigen Arbeiter einige Wochen in der Patronenfabrikation instruiren, organisirt sie, bildet aus ihnen eigene Kompagnieen, die ihre Dienstpflicht als Arbeiter in den Munitionsfabriken erfüllen und die ihr dann im Kriegsfalle sämmtlich aufbietet, um unter Aufsicht des ständigen Personals in sämmtlichen Fabriken verwendet zu werden!

Endlich, und dies ist der wichtigste Einwand, wird geltend gemacht werden, daß Patronenfabriken doch gewiß nicht in die Bundesverfassung hineingehören; das sei Sache der Gesetzgebung und Administration. So! Als ob nicht hundert unwichtigere Dinge in der Bundesverfassung stünden, als ob nicht die Erstellung von mehreren Patronenfabriken in verschiedenen Landesgegenden für die Schweiz geradezu einst zur Existenzfrage werden könnte!

Seht, dort bauen einige Kinder ein Kartenhaus! Seht, wie sie eine Karte auf die andere aufthürmen, wie das Gebäude immer größer, immer stattlicher wird! Aber ach! Jetzt kömmt ein böser Bube, bläst ein wenig, und der ganze stattliche Bau fällt zusammen.

Ein solches Kartenhaus ist das schweizerische Wehrwesen, so lange wir nicht in verschiedenen Gegenden Patronenfabriken besitzen.

Hiemit verlasse ich die Verwaltung, um mir noch einige Bemerkungen hinsichtlich der Instruktion zu erlauben. Auch hier, auch von der Ueber= nahme der Infanterieinstruktion durch den Bund fürchten unsere Födera= listen ein Ueberwuchern des Bundesbeamtenthums. Mit gleichem Unrecht! Auch an die Spitze der Instruktion muß Ein großes Prinzip gestellt werden: dasjenige der Selbstinstruktion der Armee.

Gegenwärtig haben wir in der Schweiz 25 kantonale Oberinstruk= toren der Infanterie; an die Stelle derselben würde für jede Armee= division je ein Oberinstruktor, also, je nach der Zahl der Divisionen, 8 bis 10 Oberinstruktoren treten. Diese Oberinstruktoren müßten aller= dings ständige Militärbeamte sein, das Gesetz würde bestimmen, ob ihre Wahl durch den Bundesrath oder durch die Bundesversammlung stattfinden solle. Jedem Oberinstruktor sollten nur etwa 3 bis 4 ständige Unterinstruk= toren beigegeben werden. Das ständige Instruktionspersonal wäre in die Division, deren Unterricht ihm obläge, ebenfalls einzutheilen.

Durch die kleine Zahl des ständigen Instruktionspersonals würde ermöglicht: 1) eine sehr gute Auswahl; 2) eine anständige Besoldung. Unter Anleitung dieser wenigen ständigen Instruktoren würde der ganze militärische Unterricht der einzelnen Truppenkörper, wie der Rekruten, durch die nicht ständigen Offiziere und Unteroffiziere der Division ertheilt. Schon jetzt werden vielerorts — so namentlich im Kanton Bern — die Offiziere und Unteroffiziere zur Ertheilung des Militärunterrichts ver= wendet. Bei der geringen Zahl des ständigen Personals müßte dies natürlich noch in viel ausgedehnterem Maße geschehen. Mehr Dienstzeit, als jetzt, hätte dies für den einzelnen Offizier und Unteroffizier nicht zur Folge, wohl aber viel größere Anforderungen an seine militärischen Kennt= nisse, an seinen militärischen Takt. Die Oberaufsicht über den militärischen Unterricht stünde in jedem Divisionsbezirk dem Kommandanten der Divi= sion zu.

Durch diese Selbstinstruktion der Armee würde das von den Födera= listen so stark betonte Ueberwuchern des Beamtenthums zur Unmöglichkeit; im Gegentheil würde die Zahl des ständigen Personals bedeutend reduzirt. Der militärische Vortheil wäre aber noch größer. Erst dadurch, daß der Offizier und Unteroffizier nicht nur befehlen, sondern auch instruiren und seine Befehle erläutern und begründen lernt, wird er seiner Sache gewiß und gewinnt dadurch gegenüber seiner Mannschaft diejenige Autorität, welche die Grundlage des militärischen Gehorsams bildet.

Allgemein ist man darüber einig, daß die durchschnittliche Aus= bildung unserer Armee, insbesondere unserer Cadres, im Vergleich zu der= jenigen anderer Armeen ungenügend ist. Um diesem Uebelstande so weit möglich abzuhelfen, wird gewöhnlich vorgeschlagen: die Rekruteninstruktion bedeutend zu verlängern, auf zwei, ja auf drei Monate; häufiger Wieder= holungskurse zu veranstalten; Cadres= (Offiziers= und Unteroffiziers=) Schulen einzuführen. Ich bin grundsätzlich Gegner dieser Art von Neuerungen. Vielleicht läßt sich der Rekrutendienst etwas verlängern, die Wiederholungskurse auch, aber jedenfalls nur in einem sehr bescheidenen Maße; sonst verlassen wir allmälig den Boden des Milizsystems, wir bürden unserem Lande zu große und überdieß unnöthige finanzielle Lasten auf, oder sind genöthigt, durch Verminderung der Dienstjahre unsere Armee zu verkleinern. Wohl weiß ich, daß das Ideal eines kleinen, wohlausgerüsteten und wohlgeschulten Bundesheeres in gar vielen Köpfen spukt; für mich ist dieses kleine Bundesheer kein Ideal, sondern einfach ein Mißkennen unserer republikanischen Zustände, eine Schwächung unserer Wehrkraft, ein zwar langsamer und allmäliger, aber sicherer Uebergang zum stehenden Heere.

Ein viel wirksameres und republikanischen Zuständen entsprechenderes Mittel, unserem Milizheer eine tüchtige militärische Ausbildung zu geben, besteht darin, daß die Bundesverfassung das Prinzip aufstellt: Unser Milizheer sei auf die Volksschule zu basiren und der Militär=

unterricht der Rekruten habe an einen vorbereitenden Unterricht in der Volksschule sich anzuschließen. Ein Milizheer, das diesen Namen verdienen soll, muß den militärischen Unterricht nicht erst mit den jungen Männern, sondern schon mit den Knaben beginnen. Nur dann ist das Milizheer dem stehenden Heer ebenbürtig, nur dann findet es einen Ersatz für dessen jahrelange Dienstdauer, wenn die militärische Ausbildung einen wesentlichen Bestandtheil der ganzen Knabenerziehung ausmacht.

Das Kadettenwesen ist bei uns zwar erst in den Anfängen, allein der Chef des schweizerischen Militärdepartements hat das große Verdienst, durch Einführung einer einheitlichen, für das eidgenössische Kaliber berechneten Waffe und durch mannigfache Anregungen dem Kadettenwesen eine neue, vielversprechende Bahn eröffnet zu haben.

Die Zeit muß und wird kommen, wo nicht nur in einzelnen Stadt- und Sekundarschulen, sondern in jeder Volksschule der militärische Unterricht als obligatorisches Fach betrieben wird. Allein, um nicht mißverstanden zu werden, will ich für das Kadettenwesen der Schweiz in kurzen Zügen das Bild einer Organisation entwerfen, wie mir dasselbe als Ideal vorschwebt.

Die Kommandanten eines jeden Bataillonsbezirks überwachen den Kadettenunterricht. Für denselben sind drei Altersstufen vorgesehen: In der ersten Altersstufe bis zum 13. Jahre nur Turn- und Schwimmunterricht, sowie Ordnungsübungen ohne Gewehr. Den Volksschullehrern, welche ebenfalls dienstpflichtig und in die Armee eingetheilt sind, liegt hier die Instruktion ob. Zweite Altersstufe vom 13. Jahr bis zum Austritt aus der Schule. In jedem Bataillonsbezirke werden die 2—3 ältesten Jahrgänge der in diesem Bezirke enthaltenen Volksschulen, zu Kadetten-Kompagnieen vereinigt, durch Offiziere instruirt. Gewehrkenntniß, Tirailleurschule, Sicherheitsdienst. Am Sammelplatz der Kompagnie (etwa im Schulhaus) ein Depot von Waffen und Munition. Die dritte Altersstufe (vom Austritt aus der Schule bis zum Eintritt in das Bundesheer) wird ebenfalls in Kompagnieen vereinigt. Der militärische Unterricht knüpft hier an denjenigen der zweiten Altersstufe an und wird ebenfalls durch die Offiziere des betreffenden Bataillonsbezirks und unter Aufsicht der Bataillons-Kommandanten ertheilt.

Dieß wäre das Gerippe der Organisation. Gegen dieselbe wird man zwei Einwände haben: Erstens, man bürde den Offizieren des

Bundesheeres dadurch, daß man sie zur Ertheilung des militärischen Jugendunterrichts anhalte, eine zu große Last auf. In Wirklichkeit ist dieselbe viel geringer, als die, welche ihnen durch Einführung von besondern Offiziersschulen auferlegt wird. Jährlich höchstens 10 bis 12 Uebungstage. Ueberdieß ist der Kadettenunterricht für den Offizier zehnmal instruktiver, als so eine Offiziersschule, wo dem theoretischen Unterricht die praktische Anwendung mit den Truppen nicht jeden Tag auf dem Fuße nachfolgt. Würden hin und wieder ebenfalls die Unteroffiziere und Korporale des betreffenden Bezirks zum Kadettenunterricht herangezogen, so wäre dieß auch für sie ein größerer Nutzen, als eine Unteroffiziers- und Korporalsschule, in welcher sie einfach den Dienst der Soldaten thun müssen.

Zweitens wird der Einwand erhoben werden: Das Kadettenwesen sei ganz schön und gut für die größern Ortschaften, allein in der Volksschule, auf dem Lande, wo die Knaben stundenweit auseinanderwohnen, sei das Kadettenwesen praktisch nicht durchführbar. Ich kann da aus eigener Erfahrung reden, daß es praktisch durchführbar ist, indem ich während drei Jahren die Schuljugend aus 7 Landschulgemeinden zu einer Kompagnie von 50—70 Kadetten vereinigte und mit Hülfe einer Anzahl Offiziere instruirte. Trotzdem Alles auf Freiwilligkeit beruhte und die entferntern Kadetten an den Uebungstagen eine Stunde weit herkommen mußten, hatte die Sache doch einen guten Fortgang, ja es nahmen im zweiten und dritten Jahre auch Solche daran Theil, die im Jahre vorher die Uebungen besucht hatten und seither aus der Schule ausgetreten waren. Am Sammelplatz der Kompagnie wurde ein Appartement des Schulhauses zur Aufbewahrung der Waffen und Munition eingerichtet und mußte dieses so die Stelle eines kleinen Zeughauses versehen.

Auf die Art und Weise, wie der Kadettenunterricht zu ertheilen wäre, will ich hier nicht eintreten. Genug Einzelheiten! Will man unser Milizheer wirklich auf eine höhere Stufe der Ausbildung heben und ihm gleichwohl den Charakter eines Milizheeres belassen, so muß man Unten, in der Volksschule anfangen und dort den Grundstein legen. Liegt der einmal fest, so wird die Aufrichtung des ganzen Gebäudes keine große Mühe erfordern.

Nicht bei den Herren Obersten — bei den Schulbuben liegt die Zukunft unserer Armee!

Der Solothurner Volkstag hat nicht nur eine nationale Gestaltung, sondern überhaupt allseitige Hebung unserer Wehrkraft verlangt.

Selbstverständlich hat dieses Verlangen nicht den Sinn, daß Alles, was unserer Armee von Nutzen sein könnte, in die Bundesverfassung Aufnahme finden müsse. Die Bundesverfassung darf nicht eine vollständige Militärorganisation enthalten, sie darf nur allgemeine Grundsätze, Zielpunkte und Direktiven aufstellen.

Von der größten Wichtigkeit für die Hebung unserer Wehrkraft ist eine ungesäumte und gründliche Landesbefestigung. Wohl hat schon nach den Bestimmungen des Art. 21 der gegenwärtigen Bundesverfassung der Bund das Recht, im Interesse der Eidgenossenschaft oder eines größeren Theiles derselben öffentliche Werke zu errichten. Allein bei der Dringlichkeit der Frage dürfte es nichts schaden, wenn eine bestimmte, auf die Landesbefestigung hinweisende Direktive in diesen Artikel Eingang fände.

Eine rationelle Landesbefestigung kann uns zwei Vortheile gewähren:

Erstens, daß sie von Vornenherein den Feind abhält, uns anzugreifen, oder

zweitens, daß wir im Falle eines feindlichen Angriffs mit verdoppelter Wehrkraft diesem Feind entgegentreten können.

Beim Wiederausbruch eines Krieges zwischen Frankreich und Deutschland wird das Erstere sehr wahrscheinlich versuchen, den Krieg in das Land seines Feindes zu tragen. Nun stehen ihm aber in der Front Metz und Straßburg drohend gegenüber, so daß sich die französische Armee wohl hüten wird, den Stier bei diesen beiden Hörnern zu packen. Liegt für die Franzosen, so lange unser Land mit seinen schönen breiten Heerstraßen offen, unbefestigt da steht, die Versuchung nicht sehr nahe, hier einen raschen Durchbruch zu wagen? Umgekehrt, werden sie sich nicht zweimal bedenken, mit uns anzubinden, wenn die hauptsächlichsten Straßen, Brückenübergänge und Engpässe durch stehende Werke gesperrt sind?

Aber sollten sie es gleichwohl wagen, welchen immensen Vortheil würde uns dann eine rationelle Landesbefestigung gewähren? Ohne dieselbe ist es gar nicht denkbar, daß unsere Armee gegenüber einem rasch und sicher operirenden Gegner vor dem Zusammenstoß sich vollständig besammeln, den Aufmarsch vollenden könnte. Und gesetzt auch, es gelänge ihr dieß, wie sehr würde der Mangel an allen Festungswerken die nachherige Zersplitterung unserer und die Konzentration der feindlichen Kräfte befördern!

Ueber die schweizerische Landesbefestigung, die von denkenden Militärs so dringend verlangt wird, herrschen noch vielerorts die irrigsten Vorstellungen. Sei man sich doch klar, daß man ja keine große Central-festung nach dem Muster von Metz und Mantua will! Nicht nur würde eine solche die finanziellen Kräfte unseres Landes übersteigen, sie entspräche auch gar nicht einer gesunden, auf thätige Offensive gerichteten Kriegs-führung.

Was unsern Verhältnissen am Besten entspricht, ist nach meinem Dafürhalten gar keine eigentliche Festung, wohl aber ein System von kleinen Festungswerken und Forts (Sperrforts).

Solche Sperrforts sind mit 2—3 Geschützen sehr schweren Kalibers versehen und für eine Landwehrbesatzung von 2—400 Mann ein-gerichtet.

Supponiren wir einen Angriff von Seiten Frankreichs. Kann da nicht durch wohlangebrachte Sperrforts im Jura einerseits, in den Walliser-, Simmenthaler- und Freiburger Bergen anderseits, sowohl die rechte, als die linke Flanke unserer Aufstellung vollständig gesichert werden? Ist dort die Konfiguration des Landes nicht derart, daß man mit kleinen Werken und geringem Kostenaufwand große Thäler, ja ganze Landes-gegenden förmlich sperren kann? wohlverstanden nicht so hermetisch, daß nicht einzelne Streifkorps und Armeepartikelchen gleichwohl hindurch können; aber sperren für jeden größern Truppenkörper, für die Artillerie, den Train, 2c.

Und kommen dazu in der Ebene noch kleine Werke, welche die hauptsächlichsten Flußübergänge, die wichtigsten Straßen- und Eisenbahn-knotenpunkte decken, wird durch ein solches Befestigungssystem, das sich vielleicht mit einem Aufwand von nur 10 Millionen erstellen ließe, ohne eine einzige eigentliche Festung die Stellung der Schweiz gegen Westen nicht gerade um das Doppelte verstärkt?

Die Kriegsgeschichte lehrt, daß ein Gebirgsland seiner Bevölkerung nur dann Schutz gewährt, wenn nicht nur der Mensch, sondern auch das Terrain für die Kriegsführung gehörig vorbereitet worden ist. Ist dies nicht geschehen, so wird sich der fremde Eindringling die Konfiguration des Bodens ganz in gleicher Weise, wie der Einheimische dienstbar machen können. Ich erinnere nur an die Kämpfe der französischen Armee unter Lecourbe, an die Erstürmung der Grimsel rc.

Die alten Eidgenossen, welche dem Feind doch stets in offenem Feld entgegenzutreten wagten, waren gleichwohl weit davon entfernt die Bedeutung der Landesbefestigung zu unterschätzen. War doch fast jede Stadt eine kleine Festung, waren doch fast in jedem Thale Thalsperren, sog. Letzen, angebracht, wurden ja doch alle größern Schlachten der Eid= genossen um damalige Festungen herum geschlagen (Sempach, Laupen, Grandson, Murten, Dornach) oder auch bei Thalletzen (Morgarten, Nä= fels, Stooß). In allen diesen Schlachten diente die Festung oder die Thalletze dazu, den Feind in seinem Vordringen aufzuhalten, und umgekehrt den Aufmarsch der schweizerischen Armee und die Konzentration ihrer Kräfte zu ermöglichen.

Wie viel nothwendiger erscheint heutzutage noch ein rationelles System der Landesbefestigung?

Hiermit schließe ich meine Erörterungen und stelle nur noch die Frage: Entspricht einer der bei Anlaß der Bundesrevision aufgestellten Entwürfe allen Anforderungen unseres Wehrwesens?

Den Entwurf der nationalräthlichen Kommission übergehe ich, weil derselbe in einigen Punkten thatsächlich hinter die gegenwärtige Bundes= verfassung und die schon bestehenden Kompetenzen des Bundes zurückgeht.

Der bundesräthliche Entwurf ist eine Abschwächung des letztjährigen.

Der letztjährige Entwurf, welcher allen Anforderungen weitaus am meisten entspricht, hat immerhin zwei bedeutende Mängel: Einerseits, weil er sich für die Vollziehung der Militärgesetze noch immer an die Kantone bindet und überdies neben dem Bundesheere noch immer besondere kantonale Truppenkörper vorsieht; andererseits, weil er zu viel der Gesetz= gebung überläßt und uns keine sicheren Garantien gibt gegen eine über= triebene, militärisch wie politisch verwerfliche Centralisation.

Würde nicht dem Verlangen des Solothurner Volkstages nach all= seitiger Hebung und nationaler Gestaltung unserer Wehrkraft und gleich= zeitig auch den berechtigten Wünschen und Befürchtungen der Föderalisten Rechnung getragen, wenn man den Militärartikeln etwa folgende Fas= sung gäbe?

Art. 18. Jeder Schweizer ist wehrpflichtig. Wehrmänner, welche infolge des eidgenössischen Militärdienstes ihr Leben verlieren oder dauernden

Schaden an ihrer Gesundheit erleiden, haben für sich oder ihre Familien, im Falle des Bedürfnisses, Anspruch auf Unterstützung des Bundes. Derselbe sorgt durch Bestimmung eines Theiles der Militärpflichtersatz= steuern für Aeuffnung eines hinreichenden Fonds.

Art. 19. Das Bundesheer besteht aus der gesammten, nach der eidgenössischen Gesetzgebung dienstpflichtigen Mannschaft. In Zeiten der Gefahr verfügt der Bund auch über die nicht in das Bundesheer ein= getheilte Mannschaft und alle übrigen Streitmittel, über deren Bestand Kontrole geführt wird. Die Kantone verfügen, insoweit sie nicht durch verfassungsmäßige oder gesetzliche Anordnungen beschränkt sind, direkt und ohne Vermittlung der Bundesbehörden über die Wehrkraft ihres Gebietes, insbesondere auch über die aus ihrem Gebiete rekrutirten taktischen Ein= heiten des Bundesheeres sammt deren Kriegsmaterial.

Art. 20ᵃ. Der Bund erläßt die Gesetze über das Heerwesen. Der Bund ertheilt den gesammten Militärunterricht. Die Kosten des Unter= richtes, der Bewaffnung, Bekleidung und Ausrüstung trägt der Bund. Das Kriegsmaterial der Kantone in demjenigen Bestande, welcher nach den bisherigen Gesetzen vorgeschrieben ist, geht auf den Bund über. Immerhin bleibt das Verfügungsrecht der Kantone, nach Maßgabe von Art. 19, Lemma 3, vorbehalten. Der Bund ist berechtigt, die Waffen= plätze und die zu militärischen Zwecken dienenden Gebäude, welche in den Kantonen vorhanden sind, nebst der zugehörigen Einrichtung, zur Be= nutzung oder als Eigenthum zu übernehmen. Die näheren Bedingungen der Uebernahme werden durch die Bundesgesetzgebung geregelt.

Art. 20ᵇ. Die Ausführung der Militärgesetze geschieht, unter Auf= sicht des Bundes und der Kantone, durch die Organe des Bundesheeres. Hinsichtlich der Organisation und Verwaltung sollen folgende Grundsätze zur Anwendung kommen: 1) Das Bundesher soll nach dem Terri= torialitätsprinzip eingetheilt sein. 2) Soweit nicht militärische Gründe entgegenstehen, sollen die taktischen Einheiten aus der Mannschaft desselben Kantons gebildet werden. 3) Jeder Truppenkörper von der Größe einer taktischen Einheit der Infanterie verwaltet auch in Friedenszeiten sein ganzes, zur feldmäßigen Ausrüstung gehörendes Kriegsmaterial, insbesondere die Munition, selbst. Das Kriegsmaterial, soweit es nicht an die Mannschaft abgegeben werden kann, ist im Stammbezirke des betreffenden Truppenkörpers zu magaziniren. 4) Die Infanteriewaffe bleibt in den Händen des Mannes.

5) Es sollen in verschiedenen Landesgegenden der Schweiz eine Anzahl für den Kriegsfall leistungsfähiger Munitionsfabriken erstellt werden.

Hinsichtlich der Instruktion sollen folgende Grundsätze zur Anwendung kommen. 1) Der Bund verwendet zur Ertheilung des militärischen Unterrichtes das Cadre des Bundesheeres. 2) Der militärische Unterricht des Bundesheeres soll an einen vorbereitenden, in der Volksschule zu ertheilenden Unterricht anschließen.

Die Mitwirkung der Kantone an der Ausführung der Militärgesetze wird durch die Bundesgesetzgebung geregelt.

Art. 21. Dem Bunde steht das Recht zu, im Interesse der Eidgenossenschaft oder eines großen Theils derselben, insbesondere zur Vornahme einer allseitigen Landesbefestigung, auf Kosten der Eidgenossenschaft öffentliche Werke zu errichten u. s. w.

# IV.

# Recht.

(Solothurner Volkstag.) Anbahnung eines einheitlichen Rechtes.

In dieser Forderung liegt eine Konzession an die Föderalisten insoweit, als zwar an der Idee der Rechtseinheit festgehalten, dagegen diese Rechtseinheit nicht sofort in's Werk gesetzt, sondern eben nur angebahnt werden soll. Die Möglichkeit, zu einem einheitlichen Rechte zu gelangen, soll durch die neue Bundesverfassung dem Schweizervolke gegeben werden; dagegen soll die Centralisation manches Rechtsgebietes, die im letztjährigen Programme appodiktisch verlangt war, fakultativ gelassen werden.

Die Anträge des Bundesrathes scheinen mir in dieser Beziehung dem Verlangen des Solothurner Volkstages nach „Anbahnung eines einheitlichen Rechtes" vollständig zu entsprechen.

Wie zu Gunsten der Schwurgerichte denjenigen Kantonen, welche dieses Institut bereits besitzen, in sämmtlichen Revisionsentwürfen eine Konzession gemacht worden ist, so scheint es mir, könnte auch zu Gunsten eines andern Institutes eine Konzession an gewisse Kantone in die Bundesverfassung aufgenommen werden. Dieses Institut sind die bereits erworbenen unablösbaren Grundpfandrechte, die Gültbriefe, für deren Fortdauer ein großer Theil der landwirthschaftlichen Bevölkerung besorgt ist. Könnte man nicht dem, vom Bundesrathe vorgeschlagenen Art. 55 etwa noch folgenden Zusatz geben: „Bereits erworbene unablösbare Grundpfandrechte dürfen durch die Bundesgesetzgebung nicht ablösbar erklärt werden."

Im Uebrigen gibt der Rechtsartikel insoweit zu keinen Bemerkungen Anlaß, als die Wünschbarkeit eines einheitlichen Rechtes im Grunde genommen von allen Richtungen, auch von den Föderalisten, zugegeben wird. Die Differenzen drehen sich nicht um das einheitliche Recht selbst, sondern lediglich um die Frage, wie und durch welche Organe dieses einheitliche Recht geschaffen werden soll, ob auf dem Wege von sogenannten Verfassungsgesetzen, unter oder ohne Mitwirkung der Kantone, mit oder ohne Referendum? Auf diese Fragen werde ich bei der sogenannten „Erweiterung der Volksrechte" zurückkommen.

# V.

## Soziales.

(Solothurner Volkstag.) Volkswirthschaftliche Reformen. — Erweiterung der individuellen Rechte. — Ein Schweizerbürgerrecht.

Soviel noch zu wünschen wäre, hier wollen wir den Revisions=
wagen nicht überladen! Was uns von den Räthen geboten wird, ist
entschieden gut; das Aufsichtsrecht des Bundes über die Wasserbau= und
Forstpolizei im Hochgebirge; die einheitlichen Bestimmungen zum Schutze
der Arbeiter gegen Gesundheit und Sicherheit gefährdenden Gewerbebetrieb
und über die Kinderarbeit in den Fabriken; die Regelung des Banknoten=
wesens; die unbeschränkte Befugniß zur Festsetzung von Maß und Ge=
wicht; das Verbot der Spielbanken — dies Alles sind volkswirthschaft=
liche Reformen von großer Tragweite. Und was die Erweiterung der
individuellen Rechte anbelangt, so sind die Freizügigkeit der wissenschaft=
lichen Berufsarten und der Eheartikel wahre Perlen der Revision. Aber
Eins fehlt uns, das uns weder im Niederlassungsartikel des letztjährigen
Entwurfes, noch im Niederlassungsartikel der diesjährigen Entwürfe
geboten wird: das Schweizerbürgerrecht.

Was faßt dieser Begriff in sich?

1) daß das ganze Schweizerland einfach wie eine große Ge=
meinde angesehen wird, in welcher sich jeder Schweizer
absolut frei bewegen und sich überall niederlassen kann, wo
es ihm beliebt;

2) daß jeder Schweizer an dem Orte, wo er sich niedergelassen
hat, also an dem Orte, der den Mittelpunkt seiner Lebens=
thätigkeit bildet, auch im Vollgenusse aller seiner bürgerlichen
und politischen Rechte steht.

Der letztern Anforderung ist durch Art. 42 so ziemlich Rechnung getragen; nicht so der freien Niederlassung durch Art. 44. Wohl sind in diesem Artikel im Vergleich zu den bisherigen Zuständen große Fortschritte enthalten; aber so lange die Kantone noch berechtigt sind, Kriminalisirte oder Verarmte auszuweisen oder ihnen die Niederlassung zu verweigern, kann von einem Schweizerbürgerrecht im Sinne des Solothurner Volkstages nicht die Rede sein.

Warum einem Kriminalisirten, dem es mit seiner Besseruug Ernst ist, nicht die Möglichkeit verschaffen, sich durch eine Veränderung seines Wohnsitzes seiner bisherigen Umgebung, der Verführung und der Verachtung, zu entziehen und an einem neuen Ort ein neuer Mensch zu werden?

Warum dem Verarmten zur ganzen Last seines Daseins auch noch die Last aufbürden, wie ein Pestkranker von einem Ort zum andern geschoben zu werden?

Ich verkenne die Schwierigkeit durchaus nicht, von Bundeswegen in die Armenverhältnisse der Kantone einzugreifen. Streiten sich doch gegenwärtig in den Kantonen drei verschiedene Systeme um den Vorrang: das der örtlichen, das der heimathlichen und das der absolut freiwilligen Armenpflege.

Der Bund mag es da anfangen, wie er will: Sobald er an die armenrechtlichen Verhältnisse der Kantone Hand anlegt, wird er bestehende Anschauungen und Vorurtheile verletzen, der Opposition gegen den Niederlassungsartikel rufen.

Wäre es da nicht am einfachsten, man würde die Frage der Armengenössigkeit von derjenigen der Niederlassung vollständig trennen, gerade so wie man die Frage der Burger- und Korperationsgüter ebenfalls davon getrennt hat? Nur dann gelangen wir zu einem wahren Schweizerbürgerrecht, wenn wir einerseits das Recht der Niederlassung unter den Schutz des Bundes stellen, und wenn wir anderseits die Regelung der Armenverhältnisse ebenso ausschließlich den Kantonen überlassen.

Von Bundeswegen sei das Niederlassungsrecht jedes Schweizers ein unbeschränktes. Nehme man doch Amerika zum Vorbild! Wenn ich mich auf dem weiten Gebiet der Union niederlassen kann, wo ich will, ohne daß ich jemanden wegen meiner Vergangenheit oder meiner Vermögensumstände Rechenschaft ablegen muß, so sollte dieß doch in der kleinen Schweiz auch möglich sein.

Allein umgekehrt lasse man den Kantonen die Freiheit, die Angehörigen aus andern Kantonen in Bezug auf die Armenunterstützung gutfindenden Falls unter ein Ausnahmsgesetz zu stellen, sie nach Belieben gar nicht oder in einem geringern Maße zu unterstützen, als die eigenen Kantonsangehörigen. Kommt so ein Schweizerbürger aus einem andern Kanton in eine Gemeinde und verarmt da, so können folgende Eventualitäten eintreten: Entweder er läßt sich durch seine Armuth verleiten, zu betteln, zu vagiren, die Leute zu belästigen; dann fällt er unter das Armenpolizeigesetz des betreffenden Kantons und wird bestraft; oder er bettelt nicht, er vagirt nicht, er belästiget nicht, aber er und seine Familie hungert; dann kann ihn der betreffende Kanton, die betreffende Gemeinde, wenn sie das Herz dazu hat, einfach seinem Schicksal überlassen. Jeder Kanton soll berechtigt sein, einen Schweizerbürger aus einem andern Kanton verhungern zu lassen; aber er soll nicht berechtigt sein ihn fortzuweisen.

Glaubt man nicht so weit gehen zu können, so adoptire man doch den bezüglichen Antrag der nationalräthlichen Kommission, welcher wenigstens einen Uebergang zum Schweizerbürgerrecht enthält.

Dem Verlangen nach einem Schweizerbürrecht schiene mir etwa folgende Fassung der Art. 42 und 44 zu entsprechen:

Art. 42 statt Lemma 4:

Der Niedergelassene genießt an seinem Wohnsitz alle Rechte der Kantonsbürger und mit diesen auch alle Rechte der Gemeindsbürger, mit Ausnahme:

1) des Mitantheils an Burger= und Korporationsgütern,
2) der Berechtigung zu öffentlicher Unterstützung im Falle der Verarmung.

Art. 44. Jeder Schweizer hat das Recht, sich innerhalb des schweizerischen Gebietes an jedem Orte niederzulassen, wenn er einen Heimathschein oder eine andere gleichbedeutende Ausweisschrift besitzt.

Die Regelung der armenrechtlichen Verhältnisse der Niedergelassenen ist ausschließlich Sache der Kantone.

(Lemma 2, 3, 4 fällt weg, 5 und 6 bleibt).

~~~~~~~~~~~

# VI.

# Schule und Kirche.

(Solothurner Volkstag.) Eine obligatorische, unentgeltliche und konfessioneller
Führung entzogene Volksschule (nach französischer Uebersetzung école laïque). —
Civilehe und von bürgerlichen Beamten geführte Civilstandsregister. — Freiheit für
jedes Glaubensbekenntniß. — Wahrung der Rechte des Bundes gegen jede Kirchenorganisation und jede kirchliche Anstalt, die nicht auf nationaler und republikanischer
Grundlage beruht. — Aufhebung der Nuntiatur und der nicht national und republikanisch organisirten Bisthümer.

Wie das politische, so ist auch das kirchlich=religiöse Leben durch=
weht von einem demokratischen Zuge. Allein, während wir Schweizer
auf politischem Gebiete die unbedingte Gleichheit vor dem Gesetze, das
allgemeine Stimmrecht, das freie Vereins= und Versammlungsrecht schon
besitzen, sind wir auf kirchlichem Gebiete erst an der Schwelle der Neu=
zeit angelangt und haben erst angefangen, uns von den Banden konfessio=
neller Bevormundung loszuringen.

Dieser demokratische Zug hat seine tiefe Berechtigung. Während
viele ängstliche Gemüther davon die Zersetzung, den Zerfall des kirchlichen
Lebens befürchten, hege ich umgekehrt die feste Ueberzeugung, daß sich
heutzutage nur in vollständig demokratisirten Einrichtungen ein gesundes,
kirchliches Leben entwickeln kann. In der Freiheit wird sich ein großer
Theil unseres Volkes, den das unrepublikanische Bevormundungssystem
bisher der Kirche entfremdete, mit Liebe wieder den kirchlichen Bestrebungen
zuwenden.

Der demokratische Zug auf kirchlichem Gebiete, die Opposition gegen
jede konfessionelle Bevormundung, macht sich in verschiedenen Richtungen
geltend.

Vorerst will sich der Einzelne für seine Person durch keine konfessionellen Haken oder Häklein den Vollgenuß seiner bürgerlichen Rechte irgendwie verkümmern lassen. Er will seine Ehe abschließen, seine Kinder in die Standesregister eintragen lassen können, ohne irgendwelche konfessionelle Gebräuche mitmachen, ohne irgend jemanden darüber Rechenschaft ablegen zu müssen, ob er dieser oder jener oder auch gar keiner Konfession angehöre. Solange wir noch kirchliche, statt bürgerliche Trauung, solange wir noch Taufregister, statt Geburtsregister haben, ist der Bürger von den konfessionellen Haken und Häklein nicht befreit.

Ferner will sich der Bürger durch keine Konfession in der Ausübung seiner elterlichen Rechte beschränken lassen. Er will nicht gezwungen sein, seine Kinder einen bestimmten Religionsunterricht besuchen und ihnen eine Erziehung angedeihen zu lassen, die vielleicht mit seiner eigenen, sittlich religiösen Ueberzeugung im Widerspruch steht. Jeder Zwang in dieser Beziehung ist gewiß nur vom Uebel. Mag die Opposition des Bürgers gegen einen bestimmten Religionsunterricht nun von einem geläuterten religiösen Bewußtsein oder aber nur von Gleichgültigkeit oder Feindschaft gegen Alles Religiöse herrühren: Im einen, wie im andern Falle kann Zwang nur dazu dienen, die Kluft zwischen ihm oder seinen Kindern und der Kirche zu erweitern.

Wie im Bezug auf das religiöse oder auch nicht religiöse Einzelleben, so macht sich der demokratische Zug der Zeit geltend auch in Bezug auf das kirchliche Genossenschaftsleben. Gleichheit der Rechte für alle Konfessionen, sofern sie gewisse, aus dem Wesen des republikanischen Staates nothwendig sich ergebende Bedingungen erfüllen. So wenig als in das religiöse Einzelleben, ebensowenig soll der Staat in das kirchliche Genossenschaftsleben — wo dasselbe wirklich nur religiöse Zwecke verfolgt — mit roher Hand eingreifen.

Wie das Vorrecht bestimmter Konfessionen und Dogmen, so verurtheilt der demokratische Zug unserer Zeit auch das Vorrecht eines bestimmten Standes — des geistlichen. Die Kirche ist die Gemeinschaft der Gläubigen. Wo der Geistliche mehr sein will, als ein Diener dieser Kirche, mehr als ein bestellter Lehrer und Ausleger, mehr als ein begeisterter Verkünder göttlicher Wahrheiten; wo der Geistliche, kraft der Würde seines Amtes, sich vor Gott und dem Menschen über die anderen Kirchenglieder erhaben und bevorrechtet fühlt, wo er, kraft der Würde seines Amtes, eine ständige Vermittlerrolle zwischen Gott und den Weltlichen beansprucht, wo er endlich, kraft der Würde seines Amtes, die Gewissen beherrscht und knechtet, — da soll dem Geistlichen heutzutage kein Waizen mehr blühen! Unsere demokratische Zeit mag Propheten gar wohl vertragen; ja, in Wahrheit sollte jeder Geistliche ein Prophet sein; aber was sie nicht mehr verträgt, sind geistliche — protestantische oder katholische — Hochwürden.

Wie sehr mißkennt ein großer Theil unserer Geistlichkeit noch immer die Zeichen der Zeit, und wie sehr ist dadurch — gerade unter den Liberalen — die Abneigung und das Mißtrauen gegen den ganzen Stand vermehrt und verschärft worden! Wie's in den Wald schallt, so schallt's wieder heraus. Weil die Geistlichkeit in kirchlich = religiösen Dingen noch immer ein Vorrecht vor den Weltlichen beansprucht, so sind vielerorts die Weltlichen dazu gekommen, nicht nur, wie recht und billig, diese Ansprüche zurückzuweisen, sondern auch umgekehrt, den Weltlichen ein Vorrecht vor den Geistlichen zu verschaffen; so beim Ausschlusse der Geist= lichen aus vielen gesetzgebenden Behörden, aus der Volksschule ꝛc. Da= mit hat man nun offenbar über das Ziel hinausgeschossen. So wenig man dem geistlichen Stand besondere Rechte einräumen, so wenig man sich von ihm bevormunden lassen soll, ebensowenig soll man aus ihm einen Pariasstand machen, ebensowenig soll man ihm die, jedem Schweizer= bürger zustehenden bürgerlichen und politischen Rechte vorenthalten.

Wo die Gegensätze noch immer am schroffsten auf einanderstoßen, ist die Volksschule. Während dieselbe noch vielerorts einen streng kon= fessionellen Charakter hat und ganz unter dem Einflusse der Geistlichkeit steht, geht umgekehrt eine scharf ausgesprochene Richtung dahin, den Religionsunterricht aus der Volksschule zu verbannen und die Geistlichen aus derselben auszuschließen — offenbar nur eine Rückwirkung gegen jenes Bevormundungssystem.

Der Solothurner Volkstag verlangte weder das eine, noch das andere. Bei der vorausgegangenen Berathung der Resolutionen wurde von dem Ausdrucke „konfessionslose" Volksschule, weil unklar und zwei= deutig, Umgang genommen, dagegen der Ausdruck adoptirt: konfessioneller Führung enthobene Volksschule". Wenn man bei der Uebersetzung in's Französische den — allerdings auch zweideutigen — Ausdruck „Ecole laïque" zuließ, so geschah dies nur mit dem ausdrücklichen Vorbehalte, daß der Ausdruck „Ecole laïque“ in diesem, und nur in diesem Sinne verstanden sein solle.

Eine gesetzliche Bestimmung, daß nur ein „konfessionsloser“ Religionsunterricht ertheilt werden dürfe, ist praktisch nicht durchführbar, weil sich die Grenzlinie gesetzlich nicht bestimmen läßt, wo beim Religionsunterrichte das Konfessionelle anfängt und wo es aufhört. Etwas konsequenter wäre allerdings die Verbannung des Religionsunterrichts überhaupt. Allein auch hier muß man fragen, wo fängt der Religionsunterricht an, wo hört er auf? Ist nicht auch in der Naturlehre, im Geschichtsunterrichte, in der Geographie eine sittlich = religiöse Einwirkung möglich?

Und wenn es auch gelingen sollte, die Religion vollständig aus der Volksschule zu verbannen, was gewänne man dabei? Ist denn die Religion in Wahrheit eine so gefährliche Sache?

Versteht man unter Religion nicht blos ein künstlich aufgerichtetes Dogmengebäude, nicht blos ein Fürwahrhalten dieser oder jener geschichtlichen Thatsachen, nicht blos ein System äußerer Observanz, sondern eine höhere Triebfeder zur Bekämpfung der Selbstsucht, zur Unterordnung unter eine sittliche Weltordnung, die Richtung aller Geisteskräfte des Menschen auf ein großes, ideales Lebensziel hin — ist dann ein Religionsunterricht, der in den Herzen der Jugend solche Gesinnung pflanzen, der solche Vereinigung aller Geisteskräfte bewirken kann, in Wahrheit nicht die Blüthe, das Ideal einer gesunden Volkserziehung? Und wenn vielerorts der Religionsunterricht nicht ist, wie er sein sollte, wenn tausend Schlingpflanzen und Unkräuter das Ewige, Unvergängliche überwuchern, ist nicht trotzdem jede Religion, so ungeläutert sie sein mag, thatsächlich für das Volk noch immer der Brennpunkt seines geistlich = sittlichen Lebens, wird nicht das Volk immer sein Schönstes und Bestes, Alles, wodurch es über die Regungen der Selbstsucht, über den Staub des Erdenlebens erhoben wird, zu seiner Religion, zu seinem Gottesdienste in die engste Beziehung bringen?

Ist es da nicht eine heilige Pflicht, auch in der Volksschule an diese oberste ideale Triebfeder des Volkes anzuknüpfen und dafür zu sorgen, daß nach und nach die erstickenden Schlingpflanzen und Unkräuter entfernt, die religiösen Vorstellungen und Begriffe geläutert und dadurch die Kraft des sittlichen Willens gehoben werden kann?

Viktor Hugo's Ausspruch, „den Unterricht für die Schule, die Erziehung für die Familie", ist eben nichts als ein Bonmot und entspricht
ganz der französischen Oberflächlichkeit. So wenig man die einzelnen
Seelenkräfte des Menschen, Vernunft, Verstand, Gemüth, Willen, will-
kürlich auseinanderreißen kann, ebensowenig ist es möglich, Unterricht und
Erziehung, Verstandes-, Gemüths- und Willensbildung durch eine chinesische
Mauer zu trennen.

Ich mißkenne die materialistische, dem Ideale feindliche Strömung
unserer Zeit durchaus nicht; allein ich hoffe, es sei diese Strömung nur
ein Auswuchs der Zeit, eine, im Leben der Völker, wenigstens im Leben
unseres Volkes vorübergehende Erscheinung. So wenig modern dies
klingen mag, wahr ist es doch: wichtiger als alle Reformen auf politischem und sozialem, auf militärischem und rechtlichem Gebiete, wichtiger
als alles Das, ist für unser Volk die Hebung der sittlichen Kraft, die
Läuterung der religiösen Begriffe und Vorstellungen, die Festigung des
religiösen Bewußtseins. Lehrt uns nicht die Geschichte, daß nur das
Volk frei bleibt, welches sich vor den zersetzenden Einflüssen des Materia-
lismus bewahrt, welches seinen sittlich-religiösen Kompaß nicht verliert?
So widerwärtig jeder Glaubensfanatismus, ebenso widerwärtig ist der
Fanatismus des Unglaubens. Der eine, wie der andere, entspringt aus
einem schmalen Gehirn oder aus einem engen Herzen, der eine, wie der
andere soll der Volksschule fern bleiben.

Ich frage noch einmal, wenn es auch gelingen sollte, die Religion
vollständig aus der Volksschule zu verbannen, was gewönne man dabei?
Glaubt man etwa, man würde damit den Religionsunterricht überhaupt
unterdrücken können? Nein, aber statt den Religionsunterricht zu heben,
statt ihn unter öffentlicher Kontrolle in der Volksschule ertheilen zu lassen,
würde man ihn umgekehrt den extremen religiösen Richtungen außer der
Volksschule in die Hände spielen, der öffentlichen Kontrolle entziehen,
mehr und mehr zu einer Pflanzschule konfessioneller Selbstgerechtigkeit
und gegenseitiger Verketzerung herabwürdigen. Nehmt der Volksschule
allen Religionsunterricht und ihr verwandelt eine fruchtbare Wiese in
ein dürres Haideland, ihr entzieht der Volksschule ihren Schwerpunkt,
ihr entzieht ihr das lebendige Interesse des Volkes; gegen euren Willen
wird sich die Schule früher oder später vom Staate trennen und der,
vom Staate emanzipirten Kirche nachfolgen.

Also den Religionsunterricht nicht aus der Volksschule hinaus! Dafür aber Freiheit im Religionsunterricht, vollständige, allseitige Freiheit! In erster Linie, wie es die nationalräthliche Kommission in Art. 48 verlangt, Freiheit für den Einzelnen. Während sonst grundsätzlich der Unterricht in der Volksschule ein obligatorischer ist, soll es umgekehrt beim eigentlichen Religionsunterricht, der so tief in das innerste Heiligthum der Familie eingreift, von Bundeswegen jedem Bürger unbedingt freistehen, seine Kinder diesen Religionsunterricht besuchen oder auch nicht besuchen zu lassen. „Wo der Geist des Herrn ist, da ist die Freiheit", also kein Zwang, sondern vollständige, allseitige Freiheit. Ist der Religionsunterricht in der Volksschule so, wie er sein sollte, so wird er seine Anziehungskraft schon geltend machen.

Aber Freiheit nicht nur für den Einzelnen, Freiheit auch für die Schule gegenüber der Konfession. Um diese Freiheit zu ermöglichen, muß nothwendig ein Prinzip, das sich gegenwärtig im kirchlichen Leben der Kantone Bahn brechen will, in der, von der Eidgenossenschaft überwachten Volksschule zur Anwendung kommen. Dieses Prinzip ist das Gemeindeprinzip. Jede Volksschule beruht auf einer Volksschulgemeinde. Diese Schulgemeinde soll von Bundeswegen berechtigt sein, in der Volksschule den, ihrer Ueberzeugung zusagenden Religionsunterricht ertheilen zu lassen. Keine Konfession soll da durch Vermittlung der Kantonalbehörden hineinregieren, bindende Vorschriften aufstellen, Dogmen- und Glaubenszwang ausüben können. Die Volksschule sei, wie es der Volkstag in Solothurn verlangte, konfessioneller Führung, konfessioneller Bevormundung enthoben, eine Ecole laïque in diesem und nur in diesem Sinne.

Der Bund und die Kantone dagegen übernehmen die Pflicht, darüber zu wachen:

1) daß die den Eltern hinsichtlich des Religionsunterrichtes gewährte Freiheit in keiner Weise beeinträchtigt werde;

2) daß der Religionsunterricht in der Volksschule die Sittlichkeit, die öffentliche Ordnung und den konfessionellen Frieden nicht verletze.

Also eine öffentliche Kontrolle hierüber soll stattfinden; im Uebrigen aber soll weder der Staat, noch eine Konfession in den Religionsunterricht eingreifen dürfen.

Wie in Bezug auf den Religionsunterricht, so stoßen in der Volksschule auch in Bezug auf die Stellung der Geistlichen die Gegensätze schroff
auf einander. In einigen Kantonen ist den Geistlichen noch von Amtes-
wegen eine bevorzugte Stellung in der Schule eingeräumt; das demokratische Prinzip verlangt, daß diese Vorrechte aufgehoben, daß jede geistliche Herrschaft oder Bevormundung gründlich beseitigt werde. Allein
auch hier wollen wir nicht in das andere Extrem verfallen; die Geistlichen sollen als solche im Volksschulwesen gerade die gleichen Rechte haben,
wie jeder andere Schweizerbürger, nicht mehr, nicht minder. Ihr Ausschluß aus der Volksschule wäre eine um so größere Ungerechtigkeit, als
die Volksschule namentlich der protestantischen Geistlichkeit viel, sehr viel
zu verdanken hat. Sind doch in vielen Gemeinden die Geistlichen, seien
sie nun dieser, seien sie jener dogmatischen Richtung, recht eigentlich die
Stütze der Volksschule, die Förderer aller freisinnigen und humanen
Bestrebungen. Daneben will ich nicht leugnen, daß es nicht auch Geistliche entgegengesetzter Art gibt. Allein bevor wir Juristen die Entfernung
der Geistlichen aus der Volksschule verlangen, sollten wir uns doch vorher ehrlich fragen und uns diese Frage ebenso ehrlich beantworten, was
denn wir Juristen bis jetzt in der Volksschule geleistet haben?

Wenn gegen die ultramontanen Geistlichen und insbesondere gegen
die Ordensgeistlichen geltend gemacht wird, daß ohne die Beschränkung
ihres Einflusses die Volksschule schlechterdings nicht gedeihen könne, so
gebe ich dies unbedenklich zu. Wenn ihnen aber dieser schädliche Einfluß
soll entzogen und unter Umständen jede Bethätigung in der Volksschule
soll untersagt werden können, so muß der Grund zu einer solchen —
nur scheinbar ausnahmsweisen — Behandlung in etwas ganz Anderem
liegen, als in ihrer Eigenschaft als Geistliche. Maßgebend sind hier höhere
nationale Gesichtspunkte, auf die ich später zu reden komme.

Im Uebrigen ist da, wo es sich um Gewährung bürgerlicher Rechte,
oder um die Auferlegung bürgerlicher Pflichten handelt, der einzig
richtige Standpunkt der, daß man weder Kleriker noch Laien, sondern
nur gleichberechtigte und gleich verpflichtete Schweizerbürger kennt.

Ich resümire dahin: der demokratische Zug der Zeit verlangt nicht
Ausschluß des Religionsunterrichtes, nicht Ausschluß der Geistlichen aus
der Volksschule. Das Einzige, was er verlangt ist Beseitigung
des Staatskirchenthums, soweit dasselbe die Bevorrechtung

dieser oder jener Glaubensrichtung, dieses oder jenes Standes, soweit es die konfessionelle Bevormundung der Schule, soweit es das Hineingreifen des Staates in das Glaubensleben des Einzelnen und der kirchlichen Genossenschaften in sich faßt.

Die Trennung des Staates von der Kirche, gleichbedeutend mit der vollständigen Indifferenz des Staates gegenüber den sittlich=religiösen Bestrebungen, ist durchaus n i c h t eine nothwendige Konsequenz dieser Beseitigung des Staatskirchenthums. Gerade im demokratischen Staat, wo das gleiche Volk den Staat, das gleiche Volk bis auf verschwindend kleine Minderheiten die Kirche oder die Gesammtheit der Kirchen bildet, wo Staat und Kirche eigentlich nichts Anderes sind, als verschiedene Lebensäußerungen eines und desselben Volkes, gerade im demokratischen Staat halte ich diese vollständige Trennung von Staat und Kirche für ein unnatürliches Verhältniß. Wie im einzelnen gesunden Menschen die verschiedenen Geisteskräfte sich harmonisch ergänzen und vertragen, so sollen auch im demokratischen Volksleben die verschiedenen Lebens= äußerungen dieses Volkes in Harmonie und lebendiger Wechselbeziehung zu einander stehen. Wie die Kirche zum Staat, so soll der Staat zur Kirche, oder zur Gesammtheit seiner Kirchen in ein freundliches, wohl= wollendes Verhältniß treten, und soll sich diese Kirchen= und Religions= freundlichkeit des Staates vor Allem aus darin bewähren, daß er die sittlich=religiösen Bestrebungen der Kirche mit seinen materiellen Hülfs= mitteln unterstützt, und daß er es dadurch nicht nur den reichen, sondern auch den armen Landesgegenden und Gemeinden ermöglicht, Religions= lehrer zu halten, öffentliche Gebäude für den Gottesdienst zu benutzen.

Allerdings wäre nun eine Konsequenz des demokratischen Prinzips, eine Konsequenz der Beseitigung des Staatskirchenthums die, daß von Bundeswegen festgesetzt würde: die Kantone haben, sofern sie die kirch= lich=religiösen Bestrebungen aus Staatsmitteln unterstützen wollen, diese Unterstützungen gleichmäßig allen Religionsgenossenschaften, allen kon= fessionellen Richtungen zu verabfolgen.

Eine fernere Konsequenz wäre ferner die, von Bundeswegen das Gemeindeprinzip, wie wir es für den Religionsunterricht in den Schul= gemeinden vorschlagen, auch für die territorialen Kirchgemeinden zur Anwendung zu bringen, und von Bundeswegen festzusetzen, daß nicht nur die privaten kirchlichen Genossenschaften, sondern auch jede staatlich anerkannte, territoriale Kirchgemeinde als solche, ihre kirchlich = religiösen Verhältnisse innerhalb der Schranken der Sittlichkeit und öffentlichen Ordnung frei und unabhängig von jeder Konfession ordnen dürfe.

Sollen wir anläßlich der Bundesrevision diese Konsequenzen ziehen? Ich glaube nein. Die gleichmäßige staatliche Unterstützung aller religiösen Richtungen, inbegriffen die Sekten und die Juden, wäre eine Forderung an die Kantone, für welche einstweilen dem Volke das Verständniß vollständig abgeht. Und was die zweite Forderung, die Durchführung des Gemeindeprinzipes in den kantonalen Volkskirchen, die Selbstständigkeit der territorialen Kirchgemeinden anbelangt, so thut man besser, dieses Gebiet vorläufig den Kantonen zu belassen. Einzelne Kantone sind bereits vorgegangen; im Kanton Bern legt der, von Regierungsrath Teuscher ausgearbeitete und vom Großen Rath in zweiter Berathung angenommene Kirchengesetzentwurf den Schwerpunkt des kirchlich=religiösen Lebens ganz in die territoriale Kirchgemeinde, indem derselben nicht nur etwa das Wahlrecht der Geistlichen, sondern auch das Vetorecht gegen Beschlüsse der Kantonssynode ertheilt wird.

Von Bundeswegen kann zur Bekämpfung des Staatskirchenthums nur verlangt werden: Vollständige Glaubens= und Gewissensfreiheit für den Einzelnen — und Wahrung der bürgerlichen und besonders der Elterlichen Rechte desselben. — Freie Ausübung gottesdienstlicher Handlungen nicht nur für die anerkannten christlichen Konfessionen, sondern überhaupt für jede kirchliche Genossenschaft. — Freiheit für die Volksschule, resp. die Schulgemeinde in der Ertheilung des Religionsunterrichtes.

Wenn nun der Bund, soweit es in seinen Mitteln steht, das veraltete Staatskirchenthum bekämpfen hilft, wenn er dem demokratischen Zuge der Zeit nachgebend, das kirchliche Leben sich möglichst frei gestalten und entfalten läßt, so ist er umgekehrt berechtigt, an die einzelnen kirchlichen Genossenschaften gewisse kategorische Forderungen zu stellen. Er darf von ihnen verlangen:

1) daß sie wirklich nur sittlich=religiöse Zwecke verfolgen;
2) daß sie sich und ihre ganze äußere Organisation zu den idealen Grundlagen, auf denen das republikanische Staatsgebäude beruht, in Einklang setzen.

Wenn eine kirchliche Genossenschaft unter dem Deckmantel der Religion nach Außen gerichtete, ehrgeizige und selbstsüchtige Pläne verfolgt, wenn

der Bestand eines über alle Länder verzweigten, mit großen materiellen
Hülfsmitteln versehenen Kirchenverbandes dazu benutzt wird, den Staat,
die Schule, die Familie, die ganze bürgerliche Gesellschaft zu unterjochen,
dann ist das freie Gewährenlassen einer solchen Kirche für den Staat
geradezu ein Selbstmord. Namentlich gilt dies für den republikanischen
Staat, weil eine solche Kirche, ihrem Zweck entsprechend, stets unrepu-
blikanisch, absolutistisch organisirt ist, und dadurch zu den Grundlagen
des Staates in schroffen Gegensatz tritt. Eine solche Kirche mit aller
Macht zu bekämpfen, das ist wahrhaftig keine Beschränkung der Religions-
freiheit, das ist für den Staat einfach ein Akt der Nothwehr, der Nothwehr nicht nur für sich, sondern auch für die Schule, die Familie, die
ganze bürgerliche Gesellschaft.

Damit verlassen wir das S t a a t s k i r c h e n t h u m um uns dem
K i r c h e n s t a a t zuzuwenden.

In der katholischen Kirche suchten sich seit der Reformation unverkennbar zwei ganz entgegengesetzte Richtungen Geltung zu verschaffen:
Eine ächt christliche Richtung, welche sich die Aussöhnung mit dem Protestantismus, ein friedliches Zusammenleben beider Konfessionen, und die
ultramontane Richtung, welche sich den Vernichtungskampf gegen die
Häretiker zum Ziele setzte. Beide Richtungen nannten sich katholisch,
beide hatten das gemein, daß sie, im Gegensatz zu den Nationalkirchen
der Protestanten, streng am kosmopolitischen Bau, an der internationalen
Einheit der Kirche festhielten. Aber während die christliche Richtung
diese Einheit in einem ganz idealen Lichte betrachtete und durch dieselbe
das Reich Gottes auf Erden zu begründen hoffte, betrachtete umgekehrt
die ultramontane Richtung die Einheit der Kirche als ein sehr reales
Mittel zur Begründung der päpstlichen Weltherrschaft. Jener Richtung
war die Religion Selbstzweck, dieser Richtung war nicht nur die Einheit
der Kirche, sondern die Religion selbst ein Mittel zur Erreichung eines
äußern Zweckes, der mit der Religion gar nichts mehr gemein hatte.

Nach der Verschiedenheit des Zweckes, der durch die internationale
Einheit der Kirche erreicht werden sollte, wurde diese Einheit von den
beiden Richtungen in der katholischen Kirche auch ganz verschieden aufge-
faßt. Während die christliche Richtung die Einheit der Kirche suchte im
Festhalten an den hergebrachten und angewohnten, allen Katholiken gemeinsamen Formen und Gebräuchen, in der Gemeinsamkeit des Gottes-

dienstes und frommer Liebeswerke, während die christliche Richtung den römischen Bischof nicht als einen unbeschränkten Herrn über die Gewissen, sondern nur als den äußern Vertreter der Kircheneinheit betrachtete, suchte die ultramontane Richtung, entsprechend dem Zwecke, den sie verfolgte, die Einheit der Kirche vor Allem aus in der Uniformität, in der strammen Disziplinirung, in der Knechtung derselben durch Rom, in der schroffen Ausmerzung freierer Einflüsse, in unaufhörlichen Intriguen und Hetzereien gegenüber jeder kirchlichen und politischen Richtung, die der angestrebten päpstlichen Weltherrschaft hindernd in den Weg trat.

Die ultramontane Richtung, thatkräftiger, agressiver und in ihrer Art auch konsequent, hatte für sich die traditionnellen Herrschergelüste und Ansprüche der Päpste und die daraus hervorgegangene, auf die Verwirklichung der päpstlichen Weltherrschaft berechnete, streng hierarchische Organisation der katholischen Kirche. Mehr und mehr suchte deßhalb die ultramontane Richtung gerade diese äußere Organisation mit der katholischen Religion zu identifiziren oder doch zu einem wesentlichen Bestandtheile dieser Religion zu erheben. Damit war das geeignetste Mittel gefunden, jede volksthümliche, den päpstlichen Herrschergelüsten widersprechende Reform der katholischen Kirche und jede Annäherung an die protestantischen Kirchen unmöglich zu machen. Die christliche, weniger thatkräftige Richtuug in der katholischen Kirche fügte sich, nach schwachen, erfolglosen Reformversuchen, in das scheinbar Unabänderliche; sie bequemte sich, die hierarchische Kirchenorganisation tale quale anzunehmen, ohne ihr jedoch grundsätzlich den Charakter der Heiligkeit beizulegen. Diese Halbheit hat seither böse Früchte getragen.

Die eigentlichen Vertreter der ultramontanen Richtung waren geistliche Orden, vor Allen aus der Jesuitenorden. Nach dem Tridentiner Konzil, wo unter der Leitung dieses Ordens ein großer Feldzugsplan gegen den Protestantismus geschmiedet und dadurch der Anstoß zu endlosen Kriegen und Verfolgungen gegeben wurde, bekam die ultramontane Richtung in der katholischen Kirche und in den katholischen Staaten immer mehr die Oberhand und bald ausschließlichen Einfluß auf den Gang der äußern Ereignisse.

Der dreißigjährige Krieg, die Hugenottenverfolgungen, die Massen-Hinrichtungen Philipp's und Alba's, die Bartholomäusnacht, der Veltlinermord, die Dragonaden Ludwigs XIV., und endlich die Bürgerkriege in

unserm Vaterland sind ewige Denksteine und Blutzeugen der ultramon=
tanen Gesinnung. Wohl mögen auch die Protestanten nicht immer frei
gewesen sein von aller Schuld; wohl mag auch hier Unduldsamkeit und
blinde Bekehrungswuth das Feuer geschürt haben; aber so viel ist sicher,
ohne das Streben der Ultramontanen, das Rad der Geschichte gewaltsam
wieder zurückzurollen, ohne ihr Streben nach päbstlicher Weltherrschaft
hätte die Geschichte alle jene Gräuel nicht aufzuweisen.

Die päbstliche Weltherrschaft zu begründen, die protestantischen
Staaten zu zerstören, den protestantischen Geist zu ersticken, das ist da=
mals der ultramontanen Richtung allerdings n i c h t gelungen. Aber
gelungen ist es ihr, manchem Volke unheilbare Wunden zu schlagen.
Während im Anfange des 16. Jahrhunderts in ganz Europa ein reges,
allseitiges Streben sich kund gab, während auf jedem Gebiet des geistigen
Lebens tausend schwellende Knospen und Keime einen herrlichen Geistes=
frühling ahnen ließen: Schien es nach jenen Religionskriegen, als sei
ein tödtlicher Frost über alle Länder gegangen; die Blüthen, die sich
eben entfalten wollten, waren geknickt, der fruchtbare Garten in eine
Wüste verwandelt, Europa in seiner Kulturentwicklung auf Jahrhunderte
zurückgeworfen.

Dies Alles hatte Europa den Ultramontanen und nur den Ultra=
montanen zu verdanken!

In der allgemeinen Abspannung, welche auf die furchtbaren Re=
ligionskriege des 16. und 17. Jahrhunderts folgte, verloren die religiösen
und kirchlichen Gegensätze nach und nach ihre Kraft und Schärfe. Man
begann, das ungeheure Elend zu überschauen, das Priesterehrgeiz und
künstlich genährter Fanatismus über die Völker gebracht: die bürgerliche
Gesellschaft, das Familienleben zerrüttet, die Sitten verwildert, der
Wohlstand ganzer Länder dahin! Mehr und mehr brach sich die Ueber=
zeugung Bahn, daß Priesterehrgeiz und Fanatismus mit christlicher Ge=
sinnung nichts gemein habe, mehr und mehr regte sich das Gewissen der
Völker zur leisen Selbstanklage: daß diejenigen, welche mit der Ver=
folgung und Bekämpfung Andersdenkender Gott zu dienen gehofft, da=
mit nur eine schwere Blutschuld auf sich geladen. Auch in den katho=
lischen Ländern erwachte das christliche Bewußtsein, das während der
Kriegsgräuel durch den Ultramontanismus niedergehalten worden, wieder
mit erneuerter Stärke, in allen Wohlmeinenden regte sich die Sehnsucht

nach Vertragung, nach aufrichtiger Versöhnung mit den Protestanten. Dies war aber auch die Zeit, wo sich gegen die wesentlichste Ursache der erlebten Gräuel, gegen den hauptsächlichsten Träger der ultramontanen Idee, gegen den Jesuitenorden jener unvertilgbare Abscheu in den Herzen der Völker festsetzte.

Mit der Aufklärung des vorigen Jahrhunderts begann ein neuer Sturm gegen den Ultramontanismus. Wie Voltaire, Rousseau und unzählige Andere in der Wissenschaft, so kämpften Friedrich II., Kaiser Joseph und Pombal in der Politik für religiöse Toleranz, für Glaubens= und Gewissensfreiheit. Die Ideen der Zeit wirkten so gewaltig, daß nicht nur die katholischen Höfe und Regierungen, sondern selbst die ka= tholische Kirche, ja die Spitzen derselben, davon beeinflußt wurden. Es ist ein ewig denkwürdiges Ereigniß, daß Papst Clemens XIV. der tra= ditionellen Politik der Nachfolger Petri entsagte und das thätigste Werk= zeug zur Erlangung der päpstlichen Weltherrschaft — den Jesuiten= orden — aufhob, durch welchen Aufhebungsbeschluß sich Clemens XIV. bekanntlich sein Todesurtheil selbst aussprach.

Nachdem die französische Revolution Europa durchbraust, nachdem die von ihr proklamirten Menschenrechte nach und nach im Völkerleben sich Eingang verschafft und praktische Anwendung gefunden, schien der Ultramontanismus das Wesentlichste seiner Kraft eingebüßt zu haben. Und als erst die großen Verkehrsmittel, Dampfschiffe, Eisenbahnen, Telegraphen entstunden, als sämmtliche Völker, protestantische und katho= lische, zu einander in die mannigfaltigsten Handels und Verkehrsbeziehungen traten, da schien der, nur auf der schroffsten kirchlichen Abgeschlossenheit beruhende Ultramontanismus als kirchlich=politische Macht von Tag zu Tag mehr ein vollständig überwundener Standpunkt zu werden.

Wie sehr hat man sich getäuscht! Die ultramontane Partei, eine Weile desorganisirt und ohne Fühlung mit den neuen Zeitströmungen, begann unter der Leitung des Jesuitenordens sich nach und nach zu reorganisiren. Unverrückt ihr Ziel — die Begründung der päpstlichen Weltherrschaft — im Auge behaltend, fieng sie damit an, sich da, wo es ihr vortheilhaft schien, der neuen Zeit, der neuen Ordnung der Dinge scheinbar zu akkommodiren. Ebenso zäh, als bieg= und schmiegsam, wurden die Ultramontanen in den Ländern, wo sie in Minderheit waren und wo es ihnen vor Allem aus darauf ankam, ein offenes Feld für

ihre Wühlereien zu erhalten, die eifrigsten Verfechter der religiösen To=
leranz, der kirchlichen Freiheit; während sie umgekehrt da, wo ihre Macht
noch nicht gebrochen war, mit der ganzen Intoleranz früherer Jahr=
hunderte jede andere Richtung niederhielten.

Nun kam es darauf an, vorerst innerhalb der katholischen Kirche,
speziell innerhalb des Klerus selbst, die Oberhand wieder zu gewinnen.
Wie schon erwähnt, war auch die katholische Geistlichkeit von den Ideen
der Zeit nicht ganz unberührt geblieben, vielerorts bemerkte man bei ihr
einen freisinnigen, toleranten, ächt christlichen Geist; Zierden der Kirche,
wie Wessenberg und Lacorday, ließen eine dauernde Aussöhnung zwischen
Katholiken und Protestanten, ja eine einstige Wiedervereinigung auf
Grundlage eines geläuterten Christenthums hoffen. Dem Allem mußte
nun ein Ende gemacht, der Einfluß jener Männer gebrochen, beim ka=
tholischen Priester die christliche Gesinnung durch soldatische Disziplin und
Subordination verdrängt werden. Dank der hierarchischen Kirchenorgani=
sation, und Dank den vielen Jesuitenseminarien ist es denn auch den
Ultramontanen und zwar hauptsächlich im Laufe dieses Jahrhunderts
gelungen, den von jenen Männern im katholischen Klerus ausgestreuten
Samen des Christenthms großentheils wieder zu zerstören, und den
katholischen Klerus nach und nach wieder an Disziplin und Subordination
zu gewöhnen. Eine wie wohlthuende, aber wie seltene Erscheinung ist
noch gegenwärtig ein alter katholischer Geistlicher aus der Schule Wessen=
bergs! Unter den jüngern Klerikern wird man vergebens nach solchen
ausschauen.

Ferner kam es nun darauf an, die Kluft zwischen Katholiken und
Protestanten, die sich im Laufe der Zeit an vielen Orten beinahe aus=
gefüllt, wieder zu erweitern. Hetzereien und Wühlereien begannen, bis
es gelungen war, das friedliche Einvernehmen, das zwischen den beiden
Konfessionen herrschte, zu zerstören, den alten konfessionellen Hader wieder
wachzurufen und dadurch die katholische Bevölkerung immer mehr der
Führung ihrer geistlichen Offiziere zu unterwerfen.

Aber Ein großer Schritt mußte noch gethan werden, um die
katholische Kirche vollends zu unterjochen. Die hierarchische Kirchen=
organisation, der die Ultramontanen aus leicht begreiflichen Gründen von
jeher den Charakter der Heiligkeit zu geben gesucht, mußte auf die Spitze
getrieben, ein kirchliches Dogma aufgestellt werden, welches jede Annäherung

an den Protestantismus radikal ausschloß, welches die Halben und
Zögernden nöthigte, Farbe zu bekennen, entweder aus der katholischen Kirche auszutreten oder sich blind und willenlos zu unterwerfen.
Die Unfehlbarkeit des Römischen Papstes mußte zum Glaubenssatz erhoben werden.

Es war ein verwegenes Beginnen, aber bis jetzt mit Erfolg ge-
krönt. Wie wenig kannten die klugen Staatsmänner, welche mit mit-
leidigem Lächeln auf das Konzil in Rom herabschauten, und die
Aufstellung des neuen — scheinbar lächerlichen — Dogmas als die
letzten Zuckungen einer längst überwundenen Partei erklärten, die Macht
und wunderbare, über alle Länder verzweigte Organisation der Jesuiten!
Diese wußten gar wohl, was sie thaten, als sie durch den Mund des
Konzils jene ungeheuerliche Zumuthung an die katholische Christenheit
stellten! Hatten sie doch durch jahrelange Thätigkeit den Boden zur
Aufnahme des neuen Dogmas vorbereitet, wußten sie ja doch, daß bei
der von ihnen eingeführten Disziplin und Subordination nur ein verschwindend kleiner Bruchtheil des katholischen Klerus eine ernsthafte
Opposition wagen würde. Encyklika und Syllabus waren dem neuen
Dogma als Fühler vorausgegangen, ohne die Gewissen der katholischen
Geistlichen bedeutend aufzurühren; mit Recht durften also die Jesuiten
annehmen, daß auch hier das Gewissen stumm bleiben werde.

Und es ist denn auch so gekommen. Als im Jahr 1870 das
Unfehlbarkeitsdogma aufgestellt wurde, erhob sich zwar ein Schrei der
Entrüstung durch die ganze Christenheit. Aber heute, nach drei Jahren,
hat das neue Dogma bei fast sämmtlichen katholischen Geistlichen und
infolge dessen auch in der ungeheuren Mehrheit ihrer Gemeinden Eingang gefunden, und fängt das, von seinen geistlichen Führern verblendete
Volk schon jetzt an, jede Regung des christlichen Gewissens, jeden Wider-
stand gegen das neue Dogma als eine Ketzerei, als einen Abfall von
der Kirche zu betrachten!

Wie wenig kennen die Aufgeklärten, welche über das Unfehlbarkeitsdogma, wie über andere abergläubische Vorstellungen die Achsel zucken,
die Bedeutung und Tragweite dieses Dogma's! Hier handelt es sich
nicht um eine abergläubische Vorstellung, sondern um ein jesuitisches
Losungswort, um das Losungswort einer wohlorganisirten kirchlich-poli-
tischen Partei, um ein Losungswort, das gleichbedeutend ist mit blinder

Unterwerfung unter Rom, Kampf gegen Alles, was sich dem Streben nach päpstlicher Weltherrschaft widersetzt. Mit dem Unfehlbarkeitsdogma ist alles Kulturfeindliche, alles Gesetzwidrige, alles Staatsgefährliche, das früher nur von einer Fraktion innerhalb der Kirche ist angestrebt worden, offen und unverhüllt zum Zielpunkte für alle Katholiken erhoben; an die Stelle einer kirchlichen Genossenschaft, in welcher sich bis dahin das christ= lich = religiöse und das ultramontan = hierarchische Element die Waage ge= halten, ist unter dem Deckmantel der Religion eine internationale Verschwörung getreten.

Wenn die Ultramontanen gegenüber den Altkatholiken und Pro= testanten behaupten, die Lehre von der päpstlichen Unfehlbarkeit sei der katholischen Kirche auch früher nicht fremd gewesen, so liegt in dieser Behauptung eine Dosis, aber auch nur eine Dosis Wahrheit. Wahr ist es, daß es in der katholischen Kirche von jeher zwei Strömungen ge= geben hat, eine christliche und eine ultramontane, und daß das Unfehl= barkeitsdogma in seinem Keime allerdings schon in den früheren, auf Weltherrschaft gerichteten Bestrebungen der Ultramontanen und in der von ihnen eingeführten hierarchischen Kirchenorganisation enthalten war. Wahr ist es aber auch, daß das christliche Element in der katholischen Kirche von jeher die ultramontanen Bestrebungen verwarf, wie es denn auch heute die Krönung des ultramontanen Gebäudes verwirft. Alt ist wohl der Jesuitismus, neu ist aber die Verwandlung der katholischen Kirche in eine Jesuitenkirche.

Damit ist nun aber die rechtliche Stellung des modernen Staates nicht zu den Katholiken, nicht zur katholischen Religion, wohl aber zur katholischen Kirche in ihrer gegenwärtigen äußern Organisation, in ihren gegenwärtigen äußeren Zielpunkten von Grund aus verändert worden.

Vor Allem aus gilt dies für den republikanischen Staat. Wenn das deutsche Kaiserreich mit der römischen Hierarchie den Kampf auf= genommen, so ist dies — zum Theil wenigstens — doch nur deshalb geschehen, weil sich hier zwei Autoritäten, die kaiserliche und die päpst= liche, um den Vorrang stritten. Es ist noch nicht so lange her, daß man in Preußen auch die Ultramontanen, als ihre Anmaßung noch nicht so unverblümt hervortrat, zu den Stützen des Thrones zählte und ihre Hülfe zur Bekämpfung der Demokratie sehr gern entgegen nahm. Jetzt hat sich dies freilich geändert. Während auf der einen Seite die wider=

4

spenstigen Priester gemaßregelt werden, schwelgt man auf der andern
Seite in der süßen Hoffnung, „der Stein sei schon im Rollen, der die
Füße des deutschen Kolossen zertrümmern werde." Aber wird dies
immer so bleiben? Wenn das deutsche Reich den Sturm siegreich besteht, werden die ebenso geschmeidigen, als in ihrem Ziele folgerichtigen
Ultramontanen nicht mit der deutschen Regierung ein Abkommen zu
treffen suchen, werden sie sich nicht, besserer Zeiten harrend, der neuen
Ordnung der Dinge scheinbar fügen? Und der deutsche Kaiser, wird
ihm eine solche Unterwerfung unter seine Autorität nicht genügen?
Wenn ihm die Kirche gibt, was des Kaisers ist, wird er sich auch noch
darum kümmern, ob sie dem Volke gibt, was des Volkes ist?

Ganz anders im republikanischen Staate. Hier handelt es sich
nicht um einen Kampf zwischen zwei Autoritäten, sondern um einen
Kampf zwischen Autorität und Freiheit. Ein republikanischer Staat
und ein hierarchisches Kirchenregiment sind schlechterdings unversöhnliche
Gegensätze. Das republikanische Prinzip des Staates muß auch die
Kirche durchdringen oder es wird umgekehrt vom Absolutismus, der in
der Kirche herrscht, früher oder später auch aus dem Staate verdrängt
werden.

Die Anerkennung der katholischen Konfession und das Jesuitenverbot in der Bundesverfassung von 1848 zeigen deutlich, daß man sich
schon damals bewußt war, die katholische Kirche enthalte in sich ein berechtigtes religiöses und zugleich ein unberechtigtes, mit unseren republikanischen Zuständen unverträgliches Moment. Leider gab man sich schon
damals dem Irrthume hin, mit den Jesuiten auch den Jesuitismus selbst
aus der katholischen Kirche verbannt zu haben.

Ist es nicht ein wahrer Hohn, daß die Jesuiten, während das
Jesuitenverbot bei uns noch fortbesteht, faktisch von Rom aus die katholische Kirche in der Schweiz beherrschen, daß sie dieser Kirche durch Krönung des hierarchischen Gebäudes den Stempel des Jesuitismus auf-
gedrückt haben? Entweder man schaffe das Jesuitenverbot ab, oder man
gehe nicht nur den Jesuiten, sondern auch dem Jesuitismus in der katholischen Kirche zu Leibe.

Aber wie, das ist die große Frage?

Vergessen wir nicht, daß wir, wenn wir den Jesuitismus in der
katholischen Kirche bekämpfen wollen, nicht in das andere Extrem, in

das Staatskirchenthum früherer Jahrhunderte verfallen dürfen. Es kann nicht in der Aufgabe des modernen Staates liegen, in das innere Glaubensleben der katholischen Kirche einzugreifen. So staatsgefährlich das jesuitische Dogma der Unfehlbarkeit ist, als bloßem Dogma kann ihm der Staat als solcher wenig anhaben, er kann ihm höchstens zur Aufrechthaltung des konfessionellen Friedens den Eingang in die Volks= schule verwehren. Allein der Staat als solcher darf die Einzelnen, welche an die Unfehlbarkeit des Papstes glauben, in ihren Rechten nicht beschränken, noch weniger darf er Bekehrungsversuche mit ihnen anstellen. Mögen die Infallibilisten schließlich sogar dazu kommen, den Papst an= zubeten, auch das geht den Staat nichts an. Nicht nur der Glaube, auch der Aberglaube und der Unglaube hat seine unantastbaren Rechte.

Vergessen wir nicht: Das innere Glaubensleben in der katholischen Kirche kann nicht vom Staate, nicht von Oben herab, sondern nur von Unten herauf, vom katholischen Volke selbst geläutert und ge= hoben werden. Und dieser Läuterungsprozeß hat denn auch schon be= gonnen. Klein ist zwar der Anfang, aber groß ist die Zukunft der altkatholischen Gemeinden, wenn sie stets den gleichen freisinnigen und christlichen Geist, der sie bis jetzt auszeichnet, sich zu bewahren wissen, wenn sie sich immer klarer bewußt werden, daß sie nicht nur das Un= fehlbarkeitsdogma, nicht nur dieses äußere Pannier des Jesuitismus, sondern den Jesuitismus selbst in allen seinen Konsequenzen bekämpfen und dem Christenthum in der katholischen Kirche wieder zum Siege ver= helfen müssen. Ueberall in der katholischen Kirche beginnt das christliche Element sich zu regen, aber nur noch schüchtern, denn zu gewaltig lastet der äußere Druck der Hierarchie, der Druck der internationalen jesuitischen Verschwörung auf allen Katholiken.

Diesen Druck zu entfernen, wäre eine Hauptaufgabe des republi= kanischen Staates, hätte er nicht noch eine größere Aufgabe zu erfüllen. Diese Aufgabe besteht darin: Nicht nur den Druck der Hierarchie, sondern die Hierarchie selbst aus dem Staatsgebiete zu entfernen.

Ich habe bereits darauf hingewiesen, daß ein republikanischer Staat und ein absolutistisches Kirchenregiment unversöhnliche Gegensätze sind. Es ist eine auffallende Erscheinung, daß gerade jetzt, wo auf allen Ge= bieten des kirchlich=religiösen Lebens ein tiefer, demokratischer Zug sich

geltend macht, auf der andern Seite die Hierarchie durch das Unfehl=
barkeitsdogma auf die Spitze getrieben wird. Das muß nicht biegen,
das muß brechen. Wenn der republikanische Staat mehr, als jeder
andere Staat vom Jesuitismus gefährdet wird, so hat er dafür auch
wirksamere Mittel, den Jesuitismus zu bekämpfen. Dieses Mittel besteht
in der Republikanisirung der katholischen Kirche, oder viel=
mehr in der Republikanisirung aller Kirchen.

So sehr sich der moderne Staat davor hüten muß, in das innere
Glaubensleben einer Kirche sich einzumischen, so sehr ist es seine Pflicht,
auf die äußere Organisation und die ganze, nach Außen gerichtete Thätig=
keit der Kirchen ein scharfes, wachsames Auge zu haben. Religion und
äußere Kirchenorganisation gehen einander nichts an. Die Heiligkeit der
römischen Hierarchie ist nichts, als eine wohlberechnete jesuitische Er=
findung, die am allerwenigsten im republikanischen Staate berücksichtigt
werden soll.

In Art. 6, litt. b der gegenwärtigen Bundesverfassung ist den
Kantonen freigestellt, sich ihre Verfassung selbst zu geben, sofern diese
Verfassung die Ausübung der politischen Rechte nach republikanischen —
demokratischen oder repräsentativen — Formen gestattet. Analog diesem
Artikel sollte sich der Bund auch gegenüber den einzelnen Kirchen ver=
halten. Jedes Statut einer kirchlichen Genossenschaft, jede Kirchen=
verfassung, sollte dem Bunde zur Genehmigung unterbreitet werden
müssen. Zwar, so wenig der Bund den Kantonen, so wenig sollte der
Bund den Kirchen ihre Verfassungen positiv machen; aber so, wie der
Bund die Kantonsverfassungen, ebenso sollte der Bund die Kirchen=
verfassungen nur insoweit genehmigen, als sie mit dem Wesen des
republikanischen Staates im Einklange sind. Also von Seiten des
Bundes ein rein negatives Verhalten, indem der Bund jede Kirchen=
verfassung nicht genehmigt, wenigstens nicht unbedingt genehmigt, die
nicht national, nicht republikanisch ist. Jede Kirchenverfassung wäre
aber ohne Weiteres zu genehmigen, sofern sie diesen Anforderungen
Genüge leistet.

Was ist das Merkmal einer nationalen und republikanischen Kirchen=
verfassung? 1) wenn sie die Kirche und ihre Organe zu keiner fremden
Macht in ein direktes und äußeres Abhängigkeitsverhältniß setzt; 2) wenn
sie innerhalb der Kirche die Ausübung der kirchlichen Rechte nach republi=

kanischen — demokratischen oder repräsentativen — Formen sichert; 3) wenn sie durch die Mehrheit der Kirchenglieder jeder Zeit abgeändert werden kann.

Gegenüber jeder Kirchenverfassung, die diese Anforderungen nicht erfüllt, soll der Bund das Recht haben, entweder die Genehmigung direkt zu verweigern, oder aber durch schützende Gesetzesbestimmungen den Wirkungskreis der Kirchenorgane auf eine angemessene Weise zu beschränken.

Den Anfang mache man damit, eine tabula rasa zu schaffen und das fernere Hineingreifen einer fremden, unrepublikanischen Macht in unser Volksleben zu verhindern. In erster Linie verfüge man die Aufhebung der bestehenden Bisthümer und die Aufhebung von Allem, was bisher Hierarchisches darum und daran hing. Zwei Bischöfe sind fort, lasse man die anderen nachfolgen. Der Bund soll, entsprechend dem negativen Verhalten des Staates, den Katholiken kein Nationalbisthum aufnöthigen. Aber er soll die Errichtung neuer Bisthümer oder anderweitiger Kirchenvertretungen nur dann genehmigen, wenn dieselben auf nationaler und republikanischer Grundlage beruhen.

Dann muß das Verbot gegen die Leiter der internationalen Verschwörung, die Jesuiten, dahin verschärft werden, daß ihren Gliedern geradezu das Betreten des Schweizerbodens untersagt wird. Das Jesuitenverbot muß auch auf andere geistliche Orden ausgedehnt und wenigstens die Wirksamkeit derselben beschränkt werden können.

Auch die Klöster sind nicht zu schonen. In früheren Zeiten unschuldige Zufluchtsstätten für weltmüde, zu beschaulichem Leben geneigte Menschen, sind sie gegenwärtig großentheils nichts Anderes mehr, als Uhunester der Reaktion, als finstere Kasernen, in welchen das stehende geistliche Heer des unfehlbaren Pabstes im Hinterhalte liegt, um sich von Zeit zu Zeit auf ein gegebenes Zeichen über das ganze Land zu ergießen und für die ultramontanen Zwecke Propaganda zu machen. Das Beste wäre, sie aufzuheben oder doch ihre Aufhebung anzubahnen. Will man nicht soweit gehen, so mache man ihre Aufhebuug fakultativ und beschränke ihren schädlichen Einfluß.

Also zuerst tabula rasa gemacht! Auf diese und nur auf diese Weise wird es möglich sein, die römische Hierarchie in unserer Republik vollständig zu brechen, das Erdreich zu lockern und den Boden für neue Schöpfungen empfänglich zu machen. Jetzt ist die Pyramide

unserer katholischen Kirche auf ihre Spitze — den unfehl=
baren Papst in Rom — gestellt; stelle man sie wieder auf ihre
Basis — das brave katholische Volk in der Schweiz und auf
das religiöse Gewissen dieses Volkes — und es werden nach
und nach von selbst gesündere kirchliche Zustände eintreten.

Von Seiten der Ultramontanen werden gegen die Nationalisirung
und Republikanisirung der katholischen Kirche verschiedene Einwände er=
hoben werden. Speziell gegen die Nationalisirung wird man geltend
machen: Es liege ja im Wesen der katholischen Kirche, daß sie als
allgemeine christliche Kirche nicht national sein könne, sondern an ihrer,
über die Grenzen der Nationen und Staaten hinausreichenden inter=
nationalen Bestimmung festhalten müsse. Die Ultramontanen vergessen
dabei Eines: daß zwischen international und antinational ein großer
Unterschied ist. An der internationalen, kosmopolitischen Bestimmung
der katholischen Kirche will ich nicht rütteln, aber diese internationale
Bestimmung besteht nicht darin, daß sich die Kirche zum Staate und
zu den Staatsgesetzen in Widerspruch setzt, nicht darin, daß sie eine
äußere, dem einzelnen Staate überlegene Machtstellung erringt und in
ihrem Streben nach Weltherrschaft diesen Staat knechtet. Die inter=
nationale kosmopolitische Bestimmung ist auf idealem Gebiete zu suchen,
in der Begründung des Reiches Gottes auf Erden, in der allgemeinen
Verbreitung christlicher Gesinnung. Eine internationale herrschende Kirche
ist der Gegensatz, eine internationale dienende Kirche die Verwirklichung
des Christenthums.

In diesem letztern Sinne kann die katholische Kirche zugleich natio=
nal und zugleich international, kosmopolitisch sein. National, indem sie
sich, wie jede andere Kirche, in ihrer äußern Organisation dem betreffen=
den Staate anschmiegt, mit seinen Grundlagen in Einklang setzt; inter=
national, kosmopolitisch, indem sie an der, den nationalen Aufgaben nicht
widersprechenden, aber über die nationalen Aufgaben hinausreichenden
Idee des Christenthums festhält. Man kann ein guter Familienvater
sein und gleichwohl ein guter Gemeindebürger; ein guter Gemeindebürger
und gleichwohl ein guter Staatsbürger; ein guter Staatsbürger und
gleichwohl ein guter Weltbürger. Freilich nach ultramontanen Begriffen
nicht, denn da kann man nicht zugleich Gott dienen und dem Vaterlande;
ein ultramontaner Christ und ein Patriot sind zwei unvereinbare Dinge.

Gegen die Republikanisirung der katholischen Kirche wird geltend gemacht werden: die katholische Kirche beruhe ja auf der Autorität, nicht auf der Freiheit. So? Nachdem es den Ultramontanen nach Jahrhunderte lang fortgesetztem Geistesdrucke gelungen, in der katholischen Kirche die Autonomie des Gewissens, die Autorität der sittlichen Mächte durch die Autorität eines Dalai Lama zu verdrängen, will man auch dem modernen republikanischen Staate die Zumuthung machen, diese letztere Autorität zu respektiren? Allerdings ist die Dalai-Lama-Autorität weder mit der kirchlichen, noch mit der politischen Freiheit eines Volkes vereinbar; aber gerade deßhalb muß sie beseitigt und an die Stelle dieser Autorität das Prinzip der Freiheit gesetzt werden! Nur in der frei organisirten katholischen Kirche wird das religiöse Gewissen des katholischen Volkes wieder erwachen, werden die sittlichen Mächte wieder zur Geltung kommen, werden Staat und Kirche wieder in ein freundliches, wohlwollendes Verhältniß zu einander treten.

Wird unsere kleine Republik im Kampfe mit der römischen Hierarchie obsiegen? Furchtbar sind die Waffen der letztern, furchtbar ist die über alle Länder verzweigte Organisation der Jesuiten, unermeßlich ihre geistigen und materiellen Hülfsquellen. Vergessen wir nicht, wie viele Staatsmänner schon ihre besten Kräfte an diesen Feind gewagt und wie schließlich gegenüber dessen Macht und eiserner Konsequenz ihre Kräfte erlahmt sind.

Mit bloßen Anläufen ist eben nichts gethan. Wollen wir obsiegen, so müssen wir das Uebel bei der Wurzel anpacken. Auch die weitgehendsten Beschlüsse und Verfügungen sind fruchtlos, sofern wir die Macht der römischen Hierarchie nicht durch Aufstellung fester, verfassungs- und gesetzmäßiger Normen zu brechen suchen. Die Personen, die Behörden wechseln, aber die Verfassungen, die Gesetze bleiben.

Die Gesetze dürfen aber, soweit sie sich auf das innere Glaubensleben, auf den Gottesdienst, auf den Religionsunterricht beziehen, nicht im Geiste des veralteten Staatskirchenthums, sondern sie müssen im Geiste der Freiheit geschrieben sein.

Umgekehrt, soweit sich diese Gesetze auf die äußere Organisation und Machtstellung der kirchlichen Genossenschaften beziehen, müssen sie mit radikaler Ausschließlichkeit Alles ausmerzen, was nicht national, was nicht republikanisch, was staatsgefährlich ist. Es ist das Kennzeichen eines gesunden Staates, daß er ein schädliches Geschwür zu rechter

Zeit und ohne Schonung ausschneiden darf. Es ist das Kennzeichen eines ungesunden Staates, daß er den Kaiserschnitt vermeidet, die Entscheidung vertagt, das Geschwür forteitern läßt.

Entsprechen die Entwürfe des Bundesrathes und der beiden Kommissionen den gestellten Anforderungen? Am meisten offenbar der Entwurf der nationalräthlichen Kommission. Allein auch dieser Entwurf leidet an Unvollständigkeit und Inkonsequenz; man sieht es den einzelnen Artikeln an, daß sich da verschiedene Standpunkte gekreuzt haben, daß man über das Verhältniß von Staat und Kirche, von Gemeinde und Individuum noch lange nicht einig ist.

Im Schlußartikel der nationalräthlichen Kommission vermißt man Bestimmungen über den Religionsunterricht; die ständeräthliche Kommission will mit dem Staate aushelfen und vergißt dabei, daß der Staat eben sehr oft nichts ist, als der Büttel einer Konfession. Warum nicht das einzig Vernünftige und Freiheitliche, das Gemeindeprinzip, mit dem begrenzten Aufsichtsrechte des Staates?

Im Kirchenartikel vermißt man das Hauptprinzip, durch das allein die römische Hierarchie gebrochen werden kann: Im republikanischen Staate nur republikanische, von keiner fremden Macht abhängige Kirchen. Ferner ist mit den bestehenden Bisthümern nicht tabula rasa gemacht, und der Art. 49c, so wohlgemeint er sein mag, enthält sogar eine Rückkehr zum alten Staatskirchen- und Pastorenthum.

Im Anschluß an den Entwurf der nationalräthlichen Kommission nehme ich mir die Freiheit, nachfolgende Modifikationen und Ergänzungen vorzuschlagen:

Art. 25. Der Bund ist befugt, eine Universität, eine polytechnische Schule, ein Technikum und andere höhere Unterrichtsanstalten zu errichten oder solche Anstalten zu unterstützen.

Die Kantone sorgen für obligatorischen und unentgeldlichen Primarunterricht.

Der Bund ist befugt, über das Minimum der Anforderung an die Primarschule Vorschriften zu erlassen.

Den Geistlichen als solchen stehen hinsichtlich der Volksschule keine besondern Rechte zu.

Geistlichen, welche zu einer fremden Macht in einem direkten und äußern Abhängigkeitsverhältnisse stehen, insbesondere den Ordensgeistlichen, kann sowohl durch den Bund, als durch die Kantone jede Bethätigung in der Volksschule untersagt werden.

Der Religionsunterricht in der Volksschule darf nur in einer, dem Willen der Schulgemeinde entsprechenden Weise ertheilt werden. Der Bund und die Kantone haben darüber zu wachen: 1) daß die in Art. 48, Lemma 3 vorgesehenen Rechte der Eltern und Vormünder in keiner Weise beeinträchtigt werden; 2) daß der Religionsunterricht in der Volks= schule weder die öffentliche Ordnung und Sittlichkeit, noch den konfessio= nellen Frieden verletze.

Art. 48. (Wie die nationalräthliche Kommission, mit Ausnahme des letzten Lemmas:) Niemand ist gehalten, besondere Kirchensteuern zu bezahlen u. s. w.

Art. 49. Die freie Ausübung gottesdienstlicher Handlungen ist innerhalb der Schranken der Sittlichkeit und der öffentlichen Ordnung gewährleistet.

Den Kantonen, sowie dem Bund bleibt vorbehalten, für Hand= habung der öffentlichen Ordnung und des Friedens unter den Konfessionen, sowie gegen Eingriffe kirchlicher Behörden in die Rechte der Bürger und des Staates die geeigneten Maßnahmen zu treffen.

Jede kirchliche Genossenschaft ist verpflichtet, für ihre Verfassung die Genehmigung des Bundes nachzusuchen.

Diese Genehmigung ist ohne Weiters zu ertheilen, insofern:

a. die Kirchenverfassung nichts den Vorschriften der Bundes= verfassung Zuwiderlaufendes enthält;

b. sie die Kirche und ihre Organe zu keiner fremden Macht in ein direktes und äußeres Abhängigkeitsverhältniß setzt;

c. sie die Ausübung der kirchlichen Rechte nach republikanischen — repräsentativen oder demokratischen — Formen sichert:

d. sie von den Kirchgenossen angenommen worden ist und re= vidirt werden kann, wenn die absolute Mehrheit derselben es verlangt.

Gegenüber einer Kirchenverfassung, welche diese Anforderungen nicht erfüllt, steht es im Ermessen des Bundes, entweder die Gewährleistung zu verweigern und die kirchliche Genossenschaft aufzulösen, oder aber durch schützende Gesetzesbestimmungen den Wirkungskreis der Kirchenorgane auf eine angemessene Weise zu beschränken.

Das gleiche Recht steht dem Bund auch gegenüber besondern kirch=
lichen Anstalten, wie z. B. den Klöstern, zu.

Anstände aus dem Privatrechte, welche über die Bildung oder
Trennung von kirchlichen Genossenschaften entstehen, können auf dem
Wege der Beschwerdeführung der Entscheidung der zuständigen Bundes=
behörden unterstellt werden.

Die bestehenden Bisthümer auf schweizerischem Gebiet sind auf=
gehoben; die Errichtung neuer Bisthümer unterliegt der Genehmigung
des Bundes.

Die Eidgenossenschaft anerkennt keinen ständigen Vertreter einer
auswärtigen geistlichen Gewalt.

Art. 49 b.   Die geistliche Gerichtsbarkeit ist abgeschaft.

Art. 49 c (gestrichen).

Art. 49 d.   Der Orden der Jesuiten und die ihm affiliirten Ge=
sellschaften dürfen in keinem Theil der Schweiz Aufnahme finden und
und es ist ihren Gliedern das Betreten des Schweizerbodens untersagt.

Dieses Verbot kann durch Bundesbeschluß auch auf andere geist=
liche Orden ausgedehnt werden.

(Art. 49 e, f, g, wie die nationalräthliche Kammission.)

# VII.
## Erweiterung der Volksrechte.

Wenn wir uns dieses, an sich ungenauen Ausdruckes hier bedienen, so geschieht es nur, weil derselbe nun einmal gebräuchlich; in Wirklichkeit kann es sich bei der Einführung des Referendums, Vetos ꝛc. nur um eine direktere Betheiligung des Volkes an der Gesetzgebung oder Verwaltung, nicht aber um eine Erweiterung seiner Rechte handeln. Ist ja das Volk schon im Repräsentativstaat ausschließlicher Souverain.

Es mag auffallen, daß die vom Volkstag in Solothurn beschlossenen Resolutionen mit keinem Wort dieser sog. Erweiterung der Volksrechte erwähnen. Der Grund davon lag einfach in dem Bestreben, am Volkstag nur solche Resolutionen aufzustellen, welche als Ausdruck der, allen entschieden Freisinnigen gemeinsamen Ueberzeugung gelten konnten. Nun sind aber im schweizerischen Volksverein sehr viele Freunde, aber gewiß auch Gegner des Referendums, und herrscht unter den wärmsten und aufrichtigsten Patrioten noch jetzt große Verschiedenheit der Ansichten darüber, ob und in wieweit nnd in welcher Form eine direktere Betheiligung des Volkes an der Gesetzgebung und Verwaltung stattfinden solle.

Immerhin kann man die Thatsache, daß sich das Referendum nun einmal schon in den meisten Kantonen eingebürgert hat, bei der Revision der Bundesverfassung schlechterdings nicht unberücksichtigt lassen. Gerade die Raschheit und Vielseitigkeit seines Erfolges scheint mir dafür zu sprechen, daß das neue Institut denn doch ein berechtigtes Moment enthält und daß es nur darauf ankömmt, dieses berechtigte Moment herauszufinden und von den anhängenden Schlacken zu reinigen.

Unbestreitbar ist das Referendum eine Konsequenz der demokratischen Entwicklung der 30er und 40er Jahre. Vom Grundgesetz ist nur ein Schritt zu den übrigen Gesetzen, und wenn das Volk seine Souveraine=

tätsrechte auch in Bezug auf die letztern direkt ausüben will, so ist dieß
nur eine naturgemäße Folge seines gesteigerten Selbstbewußtseins, seiner
vielseitigeren Bildung, seiner vermehrten Erfahrungen auf politischem,
rechtlichem und socialem Gebiet. Die Hauptsache dabei bleibt aber, daß
das Volk in weiser Selbstbeschränkung seine Bethätigung nur auf solche
Gebiete ausdehnt, wo es dem einzelnen Bürger möglich und von Nutzen
ist, sich die nöthige Einsicht zu verschaffen. Dieß sind vor Allem aus
die allgemeinen Landesgesetze, welche die vielfachen Beziehungen der Bürger
unter sich, und ihre Beziehungen zur Staatsgewalt, zur Gemeinde, zur
Kirche 2c. normiren. Also das ganze Civil= und Strafrecht, der Civil=
und Strafprozeß, das Vollziehungsverfahren und Wechselrecht, die Gesetze
über die Steuern und sonstige öffentliche Lasten, die Jagd = und
Fischereigesetze, das Kirchengesetz, das Gemeindegesetz, Schulgesetz u. s. w.
Alle diese Gesetze beziehen sich auf Gegenstände, mit denen jeder Bürger
schon von Haus aus mehr oder weniger vertraut ist, weil er mit ihnen
in öftere Berührung kommt; und wenn ihm Anfangs auch die nöthige
Einsicht in die ganze Oekonomie eines wohldurchdachten Gesetzes abgeht,
so hat er doch in den meisten Fällen genügende Lebenserfahrung, daß
er durch Belehrung aufgeklärt werden kann, und auch ein genügendes,
persönliches Interesse, daß er diese Belehrung sucht. In der That sieht
man nicht ein, warum der gleiche Bürger, der über die oft komplizirten
Bestimmungen einer Verfassung urtheilen kann, nicht im Stande sein
soll, sich über die ihm viel näher liegenden Bestimmungen eines Gemeinde=
gesetzes, eines ehelichen Güterrechtes 2c. eine vernünftige Meinung zu bilden.

    Eine direkte Bethätigung des Volkes am Erlaß solcher allgemeinen
Landesgesetze kann nur wohlthätig wirken. Einerseits gestaltet sich diese
Bethätigung zu einem wirklichen Volksbildungsmittel, der Bürger
wird sich viel mehr, als dieß beim strengen Repräsentativsystem der Fall
war, seiner Stellung und Aufgaben in der bürgerlichen Gesellschaft bewußt,
und das Prinzip „daß Gesetzesunkenntniß vor keinem Gericht als Ent=
schuldigung geltend gemacht werden kann", erhält etwelche Berechtigung.
Andererseits ist diese Bethätigung ein wirksamer Damm gegen über=
flüssige Gesetzmacherei, gegen schlecht redigirte, unverständliche,
oder auch gegen allzu komplizirte, unvolksthümliche Gesetze. Jedes Gesetz,
welches die Beziehungen der Bürger unter sich, oder ihre Beziehungen
zur Staatsgewalt, zur Gemeinde, zur Kirche, zur Schule 2c. normirt,

darf sich, wenn es wirksam sein soll, nicht allzuweit von der normalen Bildungsstufe des Volkes entfernen oder muß wenigstens, der Form und dem Inhalte nach, diese Bildungsstufe in ernste Berücksichtigung ziehen.

Ich bin also prinzipiell für die direkte Bethätigung des Volkes an der Gesetzgebung, aber nur unter einer Voraussetzung: daß sich diese Bethätigung auf die oben angeführten Landesgesetze beschränke.

In den meisten Kantonen hat man nun offenbar weit über das Ziel hinausgeschossen, indem man auch die Verwaltungs= und Spezial= gesetze und die Beschlüsse, ja sogar das Büdget dem Volke zur Abstim= mung unterbreitet.

Was kümmert sich die Masse des Volkes z. B. um den Inhalt einer Medizinalordnung, eines Emolumententarifs oder eines Gesetzes, welches die Organisation der Finanzverwaltung beschlägt, und was für eine Möglichkeit oder was für ein Interesse hat der Bauernknecht, der Taglöhner, der Hausirer, sich über die Zweckmäßigkeit oder Unzweck= mäßigkeit solcher Gesetze aufklären zu lassen? Werden ihm diese Gesetze trotzdem zur Annahme oder Verwerfung vorgelegt, so nimmt er sie ent= weder gedankenlos an, oder wenn er gerade mißtrauisch oder übellaunig ist, so verwirft er sie eben so gedankenlos. Die ganze Gesetzgebung ist der Willkür und dem Zufall anheimgegeben.

Noch verwerflicher ist es, dem Volke die Beschlüsse der obersten Landesbehörde vorzulegen. Wohl giebt es Beschlüsse, welche von immenser Tragweite sind; aber nicht die Tragweite einer Sache soll maßgebend sein, ob diese Sache vor das Volk gehört, sondern lediglich die Möglich= keit, daß das Volk etwas von der Sache versteht.

Man soll mir nicht vorhalten, ich predige den „beschränkten Unter= thanenverstand". Mag das Volk politisch noch so reif sein, die Wichtig= keit und Tragweite vieler Beschlüsse, vieler Spezial= und Verwaltungsgesetze wird es deßhalb nicht begreifen, weil es nicht selbst am Staatsruder sitzt, weil ihm der nöthige Einblick in den ganzen Staatsorganismus, in die Bedürfnisse des Staatshaushaltes abgeht. Könnte man das ganze Volk in die Rathssääle hineinnehmen, dann könnte man es über die komplizirtesten Spezial= und Verwaltungsgesetze, über die Wichtigkeit und Tragweite sämmtlicher Beschlüsse aufklären. Bei allgemeinen Landes= gesetzen können die Volksvereine die Aufgabe das Volk nach und nach aufzuklären übernehmen; bei Spezial= und Verwaltungsgesetzen, oder bei

Beschlüssen, die doch stets innerhalb eines beschränkten Zeitraumes gefaßt werden müssen ist dies auch den bestorganisirten Vereinen unmöglich.

Wenn es schon in den Kantonen wünschenswerth ist, daß sich die direkte Bethätigung des Volkes auf die allgemeinen Landesgesetze beschränke, so ist dies bei den komplizirten Verhältnissen des schweizerischen Bundesstaates noch in viel höherem Maße der Fall. In dem Vorschlag, alle Bundesgesetze und die Bundesbeschlüsse nicht dringlicher Natur dem fakultativen Referendum zu unterwerfen, erblicke ich eine Schwächung der Bundesautorität, ein bedenkliches Agitationsmittel, und deßhalb eine große Gefahr für unser Land.

Diese Gefahr wird um so größer dadurch, daß nicht nur 50,000 Schweizerbürger, sondern auch 5 oder 8 Kantone die Volksabstimmung verlangen und damit den Bundesbehörden jeder Zeit den Fuß vorhalten können.

Ich wiederhole es: Ich bin ein Freund des Referendums, aber nur, wenn man dasselbe auffaßt und behandelt als einen Damm gegen den Erlaß unvolksthümlicher Landesgesetze und als ein Volks = und ein R e c h t s b i l d u n g s m i t t e l. Ich bin aber ein entschiedener Gegner des Referendums, wenn man dasselbe zu einem I n s t i t u t d e s M i ß t r a u e n s in die Landesbehörde herabwürdigt. Zu einem Institut des Mißtrauens würdigt man es aber herab, wenn man sämmtliche Bundesgesetze und auch die Bundesbeschlüsse der Volksabstimmung unterbreitet.

Unsere Republik verlangt eine feste, starke Regierung, die im Vollgefühl ihrer Verantwortlichkeit handelt, zumal in dieser ernsten, unheilschwangern Zeit. Wohl heißt es in Art. 85 der verschiedenen Entwürfe, daß Beschlüsse dringlicher Natur der Volksabstimmung enthoben seien. Aber ist nicht jeder zeitgemäße Beschluß dringlich, oder wo läßt sich die Grenze zwischen dringlichen und nicht dringlichen Beschlüssen ziehen?

Ich halte also dafür, es sollte im schweizerischen Bundesstaat nur für eine ganz bestimmte Auswahl von Gesetzen die Volksabstimmung vorgesehen werden. Diese Gesetze sind diejenigen, welche sich auf Gegenstände des (formellen oder materiellen) Rechtes, und zwar des bürgerlichen und des Strafrechtes beziehen.

Allein wenn die direkte Bethätigung des Volkes in dieser Weise auf ein vernünftiges Maß zurückgeführt worden ist, so bin ich dann umgekehrt dafür, diese Bethätigung des Volkes so sehr als möglich zu erleichtern. Im Bundesstaat ist die rationellste Form für Ausübung der Volksrechte offenbar das fakultative Referendum, in Verbindung mit der Initiative. Allein wenn man die Bethätigung des Volkes an der Gesetzgebung zu Wahrheit will werden lassen, oder wenn man nicht bei jedem Anlaß einer gewaltigen Agitation rufen will, so soll die Volksabstimmung nicht nur von 50,000, sondern von 20,000 Bürgern verlangt werden können.

Hinsichtlich der Initiative schiene mir ein Verfahren sehr zweckmäßig, das s. Z. in der französischen Nationalversammlung und im Konvent Eingang gefunden. Diese Behörden luden sehr oft die Vertreter größerer Korporationen ein, ihren Verhandlungen mit berathender Stimme beizuwohnen. Sollte es nun nicht zulässig sein, daß 20,000 Schweizerbürger, welche an die Räthe ein Initiativbegehren zu stellen haben, sich für diesen speziellen Zweck durch einen Ausgeschossenen mit bloß berathender Stimme sollten vertreten lassen können? 20,000 Schweizerbürger, die zufällig im gleichen Bezirk wohnen, wählen einen Nationalrath; allein sollten 20,000 andere Schweizerbürger, die nicht durch die Zufälligkeit des Wohnsitzes, sondern durch ein gemeinsames Interesse verbunden sind und dieses Interesse durch ein Initiativbegehren manifestiren, nicht ebenso sehr ins Gewicht fallen, nicht ebenso sehr eine Vertretung fordern können? Würde dadurch nicht ein äußerst lebendiger Wechselverkehr zwischen dem Volk und den eidgenössischen Räthen ermöglicht?

Die Volksinitiative der 20,000 Schweizerbürger sollte schlechthin jeden Gegenstand, jedes Bundesgesetz und jeden Bundesbeschluß betreffen können. Allein nur wenn sich das Initiativbegehren auf ein Bundesgesetz über Gegenstände des bürgerlichen oder Strafrechtes bezieht, sollte eine Weiterziehung an das Volk stattfinden. Bei anderweitigen Bundesgesetzen und bei Beschlüssen seien die Räthe oberste Instanz.

Aber wenn die Bundesversammlung unvolksthümliche Spezial= und Verwaltungsgesetze erläßt, unvolksthümliche Beschlüsse faßt und den Unwillen des Volkes gegen sich erregt, was dann? Gebe man doch 50,000 Schweizerbürgern das Recht, die Abberufung der beiden Räthe zu verlangen! Aber es ist ja ein revolutionäres Institut, dieses Abberufungsrecht? Wenigstens nach der Ansicht gewisser Doktrinärs. Ich sehe nicht ein, was Revolutionäres darin liegen soll, wenn das Volk sein Souverainetätsrecht' ausübt und einfach die Amtsdauer der Räthe um einige Monate oder Jahre abkürzt. Ist das etwas Revolutionäres, so ist es jede Gesammterneuerung des Nationalrathes ebenfalls.

Die Abberufung, nicht das Referendum über Bundesbeschlüsse, ist das wahre Korrektiv für eine Mißregierung.

Seht, dort fährt ein Schiff durch ein Meer voll Klippen und Untiefen! Die Schiffsmannschaft ist in großer Besorgniß, denn der Steuermann ist des Meeres unkundig und versteht das Steuer nicht zu handhaben. Was ist da zu rathen? Soll die ganze Schiffsmannschaft, wie toll, selbst auf das Steuerruder losstürzen, oder soll sie einfach einem andern, bessern Steuermann das Ruder übergeben? Wer für das Erste ist, wird zum Referendum über Bundesbeschlüsse, wer für das Zweite ist, für das Abberufungsrecht stimmen.

———

Wenn die Volksabstimmung auf Civil= und Strafgesetze beschränkt wird, tritt nun die fernere Frage an uns heran: Sollen wir neben dem Volksvotum auch ein Standesvotum zulassen?

Daß bei der maßlosen Ausdehnung, welche dem Referendum und der Initiative in den bisherigen Entwürfen gegeben wird, von einem Standesvotum nicht die Rede sein kann, liegt auf der Hand. Denn das wäre ein Zurückgehen weit hinter 1848. Etwas anders gestaltet sich nun allerdings die Frage, wenn man Referendum und Initiative auf ein vernünftiges Maß zurückführt. Allein auch da halte ich das Standesvotum für überflüssig, weil schon bei der bloßen Volksabstimmung die einzelnen Lokalinteressen nur zu oft in den Vordergrund treten und das allgemeine Landesinteresse in den Hintergrund drängen werden.

Ueberdieß verstoßt es gegen das Prinzip der Demokration, das Schweizervolk durch die Stände majorisiren zu lassen.

Ich halte deßhalb dafür, daß bei der Abstimmung über die Civil= und Strafgesetze des Bundes ein Standesvotum nur unter folgenden zwei Voraussetzungen zugelassen werden darf:

1) wenn die Föderalisten in sämmtlichen andern Materien, so namentlich im Militär, aufrichtig die Hand zur Verständigung bieten, und das Standesvotum mithin nur als eine äußerste Konzession der Revisionspartei anzusehen ist.

2) wenn dem Standesvotum nur der Charakter eines Suspensiv=
vetos beigelegt und in Folge dessen eine dauernde Majorisirung des
Volkes durch die Stände verhütet wird. Ein vom Schweizervolk ange=
nommenes, von den Ständen verworfenes Gesetz sollte nach einer be=
stimmten Frist dem Schweizervolk neuerdings vorgelegt werden können
und bei dieser zweiten Abstimmung der Zustimmung der Stände nicht
mehr bedürfen.

Warum die beiden Kommissionen vom Initiativrecht der Kantone
nicht Umgang genommen, nachdem dieses Initiativrecht von föderalistischer
Seite selbst als etwas Unlogisches bezeichnet worden, ist mir nicht
erklärlich.

Art. 85. Für Bundesgesetze und Bundesbeschlüsse ist die Zu=
stimmung beider Räthe erforderlich.

Jedes Bundesgesetz über Gegenstände des bürgerlichen oder Straf=
rechtes soll dem Volke zur Annahme oder Verwerfung vorgelegt werden,
wenn es von 20,000 stimmberechtigten Schweizerbürgern verlangt wird.

(Eventuell: Jedes Bundesgesetz über Gegenstände des bürgerlichen
oder Strafrechtes soll dem Volke und den Ständen zur Annahme oder
Verwerfung vorgelegt werden, wenn es von 20,000 stimmberechtigten
Schweizerbürgern verlangt wird.

Ist ein solches Bundesgesetz von der Mehrheit des Schweizervolkes
angenommen, von der Mehrheit der Stände jedoch verworfen worden,
so hat das Ständevotum nur die Wirkung eines Suspensivvetos. Das
betreffende Gesetz muß nach Ablauf von 8 Monaten und vor Ablauf
eines Jahres dem Schweizervolke nochmals unverändert zur Annahme
oder Verwerfung vorgelegt werden und bedarf bei dieser zweiten Ab=
stimmung nicht mehr der Zustimmung der Stände).

Art. 89. Wenn 20,000 stimmberechtigte Bürger die Abänderung
oder Aufhebung eines bestehenden Bundesgesetzes oder über eine bestimmte
Materie die Erlassung eines neuen Bundesgesetzes oder Bundesbeschlusses
anbegehren, soll dieses Begehren in beiden Räthen zur Behandlung
kommen und zwar unter Beobachtung folgender Grundsätze:

1) die Antragsteller haben das Recht, sich durch einen besondern
Abgeordneten, der jedoch nur mitberathende Stimme hat, bei den ein=
schlägigen Verhandlungen in beiden Räthen vertreten zu lassen.

5

Bezieht sich das Begehren auf ein Gesetz über Gegenstände des bürgerlichen oder Strafrechtes, so haben die beiden Räthe, wenn sie dem Begehren zustimmen, den einschlägigen neuen Gesetzesvorschlag zu vereinbaren und dem Volke (eventuell: dem Volke und den Ständen) zur Annahme oder Verwerfung vorzulegen.

Stimmen nicht beide Räthe dem Begehren zu, so ist dasselbe der Abstimmung des Volkes zu unterstellen und wenn die Mehrheit der stimmenden Bürger dafür sich ausspricht, so haben die Räthe einen entsprechenden Gesetzesvorschlag aufzustellen und dem Volke (eventuell: dem Volke und den Ständen) zur Annahme oder Verwerfung vorzulegen.

3) Bezieht sich das Begehren auf ein anderweitiges Gesetz, oder auf einen Beschluß, so findet keine Weitersziehung an das Volk statt.

Art. 89 b. Wenn 50,000 Schweizerbürger vor Ablauf der Amtsdauer des Nationalrathes eine außerordentliche Gesammterneuerung der eidgenössischen Räthe verlangen, so soll dieses Begehren dem Volke zur Annahme oder Verwerfung vorgelegt werden und im Falle der Annahme eine sofortige Gesammterneuerung beider Räthe stattfinden.

Art. 90. Die Bundesgesetzgebung wird bezüglich der Formen und Fristen der Volksbegehren und der Volksabstimmung das Erforderliche festsetzen.

# VIII.

## Zweikammersystem.

Die Vorzüge des Zweikammersystems bestehen darin, daß durch dasselbe eine allseitigere Landesvertretung ermöglicht, überstürzte Beschlüsse verhütet und alle Vorlagen einer gründlichern Prüfung unterzogen werden. Die Nachtheile bestehen darin, daß in Zeiten innerer oder äußerer Krisen durch dasselbe jede radikale, durchgreifende That erschwert und leicht eine unheilvolle Schaukelpolitik hervorgerufen wird.

Wir Schweizer haben bis jetzt nur die Vorzüge des Zweikammer= systems kennen gelernt, aus dem einfachen Grunde, weil wir seit 1848 keine großen Krisen durchzumachen hatten. Vielleicht ist die Zeit nicht mehr fern, wo wir auch seine Nachtheile werden kennen lernen.

Das schweizerische Zweikammersystem hat seine ganz besonderen Schattenseiten. Wenn der Ständerath und der Nationalrath sich über eine Frage nicht einigen können oder nicht einigen wollen, so kann absolut nichts geschehen, denn es gibt eben keine höhere Instanz. Die Frage bleibt ungelöst, so dringlich auch ihre Lösung wäre.

Um diesem, in die Augen springenden Uebelstand abzuhelfen, ist vorgeschlagen worden: das Volk selbst, als höhere Instanz, über die Differenzpunkte der beiden Räthe entscheiden zu lassen. Allein, soviel Bestechendes dieser Vorschlag auf den ersten Blick hat, bei reiflicherm Nachdenken muß er doch verworfen werden. Erstens befindet sich das Volk da, wo blos Beschlüsse, nicht Landesgesetze in Frage stehen, an und für sich nicht in der Möglichkeit, das Richtige vom Unrichtigen zu unter= scheiden. Zweitens wäre ein solches Verfahren ein arger Einbruch in das Zweikammersystem, weil ja faktisch mit dieser Weitersziehung an das Volk der zweite Rath ganz überflüssig würde.

Die höhere Instanz muß gefunden werden in den Räthen selbst, in der vereinigten Bundesversammlung. Allerdings nicht in dem Sinne, daß derselben in gewöhnlichen Zeiten jede Frage, über welche sich die getrennten Räthe nicht einigen können, vorzulegen wäre. Sonst thäte man ja besser, gar nicht getrennt zu verhandeln, sondern von vornherein zusammenzutreten. Allein, für die Zeiten der Gefahr, denen wir nach meiner festen Ueberzeugung entgegengehen, sollte eine solche Weitersziehung dringlicher Fragen an die vereinigte Bundes= versammlung schlechterdings zulässig sein.

Dadurch würde ein großer Uebelstand unseres schweizerischen Zwei= kammersystems beseitigt und unser Land möglicherweise vor dem Unheile bewahrt, das in Zeiten innerer oder äußerer Krisen aus jedem Schaukel= systeme entspringt.

Mit dem Vorschlage des letztjährigen und der diesjährigen Ent= würfe, auch die stimmberechtigten Schweizerbürger geistlichen Standes als wahlfähig in den Nationalrath zu erklären, wird eine große Unbillig= keit wieder gut gemacht. So wenig als geistliche, wollen wir weltliche Vor= rechte; so gut als die Weltlichen, sollen auch die Geistlichen aller Rechte der Schweizerbürger theilhaftig sein.

Nichtsdestoweniger hat der Widerwillen vieler liberaler Katholiken, ihre ultramontanen Geistlichen zu den eidgenössischen Räthen zuzulassen, seine tiefe Berechtigung. Aber wenn man der Sache auf den Grund geht, so sieht man, daß dieser Widerwillen nicht gegen die Geistlichen als solche, sondern gegen die Diener einer fremden, antischweizerischen Macht gerichtet ist. Es ist etwas Unnatürliches, daß derjenige, der sein Vaterland in Rom hat und der als Ultramontaner, als Vorkämpfer für die päpstliche Weltherrschaft, von vornherein der Selbstständigkeit unserer Nationalität und unseren republikanischen Einrichtungen feind sein muß, über die Geschicke unseres Volkes mitberathen und mitbeschließen soll.

Also Ausschluß der Organe der infallibilistischen Kirche! Aber gestützt auf welchen Rechtstitel? Etwa wegen ihrer Eigenschaft als Geistliche? Sollen also die liberal=katholischen und protestantischen Geist= lichen, die doch meistens gute Schweizer und gute Republikaner sind, auch darunter leiden, daß sie zufälliger Weise mit jenen die Eigenschaft als Geistliche gemein haben?

Der Ausschluß des ultramontanen Klerus muß verlangt werden von einem höhern nationalen Gesichtspunkte aus. Kein Schweizerbürger soll wählbar sein in den Nationalrath, der zu einer fremden — weltlichen oder geistlichen — Macht in einem direkten und äußern Abhängigkeitsverhältnisse steht.

Von diesem Gesichtspunkte aus sind also ausgeschlossen nicht nur die Organe Roms, sondern auch die weltlichen Vertreter fremder Mächte (wie z. B. die Vertreter fremder, mächtiger Aktiengesellschaften oder die Konsulen fremder Staaten). Es ist gar wohl denkbar, daß seiner Zeit auch die rothe Internationale wieder zu einer staatsgefährlichen Macht wird, so daß auch der Ausschluß ihrer Organe gerechtfertigt erscheint.

———

Der Ständerath hat seine Bedeutung nicht nur als zweite Kammer, sondern ganz besonders noch als Vertretung der Stände, wie sie nun einmal in der Schweiz historisch geworden sind.

Diese Ständevertretung ist durchaus keine nothwendige Folge des Zweikammersystems. Wohl ist der Senat der amerikanischen Union zugleich zweite Kammer und zugleich Vertreter der einzelnen Staaten. Aber man vergesse nicht, daß in jedem einzelnen Staate der Union ebenfalls zwei Kammern bestehen, die sich lediglich dadurch von einander unterscheiden, daß die Mitglieder des Senates aus größeren Wahlkreisen und für eine längere Amtsdauer gewählt sind, und ein höheres Alter haben müssen, als die Mitglieder des Repräsentantenhauses.

Obgleich also die Schweiz aller Vorzüge des Zweikammersystems auch ohne förmliche Ständevertretung theilhaftig sein könnte, so fällt es mir gleichwohl nicht ein, an der Bedeutung des Ständerathes als Ständevertretung irgendwie rütteln zu wollen. Die Aufhebung der Ständevertretung in den eidgenössischen Räthen wäre allerdings ein Uebergang zum Einheitsstaate, den keiner von uns will.

Das Einzige, was ich vorschlagen möchte, bestünde darin, das schreiende Mißverhältniß in der Vertretung der einzelnen Kantone ein wenig auszugleichen. Unser Volk begreift sehr viel; aber nie wird es begreifen, warum der Kanton Uri im Ständerathe soviel Vertreter haben soll, wie die Kantone Zürich, Bern, Waadt, uud warum ein Urner so schwer in's Gewicht fallen soll, wie 40 Berner; noch weniger wird es begreifen, warum die bevölkerten Halbkantone Baselstadt und Appenzell A.=Rh., mit ihrer Summe von Intelligenz, Bildung und Reichthum, im Ständerath nur einen, Uri dagegen zwei Vertreter haben soll.

Ich glaube, im weitaus größten Theile der Schweiz wäre eine etwelche Ausgleichung dieses Mißverhältnisses sehr populär. Wenn man z. B. festsetzen würde, daß jeder Kanton mit einer Bevölkerung von weniger als 20,000 Seelen nur einen, jeder Kanton mit einer Bevölkerung von 20,000—50,000 Seelen zwei, jeder Kanton mit einer Bevölkerung von 50,000—150,000 Seelen drei, und endlich jeder Kanton mit einer Bevölkerung von 150,000 und mehr Seelen vier Abgeordnete in den Ständerath zu wählen habe, und daß die Halbkantone wie Kantone zu betrachten seien, mit der Einschränkung, daß kein Halbkanton mehr als zwei Abgeordnete wählen könne, so erhielte man, statt eines Ständerathes von 44, einen solchen von 65 Mitgliedern.

Die Kantone wären folgendermaßen vertreten: Zürich, Bern, St. Gallen, Aargau, Waadt mit vier, Graubünden, Tessin, Wallis, Luzern, Freiburg, Solothurn, Thurgau, Neuenburg und Genf mit drei, Schwyz, Glarus, Baselstadt, Baselland, Zug, Schaffhausen, Appenzell A.=Rh. mit zwei, Uri, Obwalden, Nidwalden, Appenzell J.=Rh. mit einem Abgeordneten. Oder man könnte, statt vier, nur drei Kategorien machen und sämmtlichen Kantonen und Halbkantonen mit einer Bevölkerung bis zu 50,000 Seelen zwei Abgeordnete lassen. In diesem Falle erhielte der Ständerath eine Stärke von 69 Mitgliedern. Würde durch eine solche Ausgleichung des bestehenden Mißverhältnisses die Kraft und das Ansehen unserer zweiten Kammer nicht verdoppelt und dadurch indirekt auch die Bedeutung der Kantone wieder gehoben?

***

Art. 71. Wahlfähig als Mitglied des Nationalrathes ist jeder stimmberechtigte Schweizerbürger, der zu keiner fremden — geistlichen oder weltlichen — Macht in einem direkten und äußern Abhängigkeitsverhältnisse steht.

Art. 76. Der Ständerath besteht aus den Abgeordneten der Kantone.

Kantone mit einer Bevölkerung von weniger als 20,000 Seelen wählen einen Abgeordneten, Kantone mit einer Bevölkerung von 20,000 — 50,000 Seelen zwei Abgeordnete, Kantone mit einer Bevölkerung von 50,000—150,000 Seelen drei Abgeordnete und Kantone mit einer Bevölkerung von 150,000 und mehr Seelen vier Abgeordnete in den Ständerath.

Die Halbkantone sind wie Kantone zu halten, mit der Einschränkung, daß kein Halbkanton mehr als 2 Abgeordnete wählen darf.

Art. 87 (Zusatz). In Zeiten der Gefahr entscheidet die vereinigte Bundesversammlung überdieß jede Frage, über welche sich der Nationalrath und der Ständerath nicht einigen können und welche von ihr auf den Antrag eines der beiden Räthe für dringlich erklärt worden ist.

# IX.

## In Gruppen oder Globo?

In den gesetzgebenden Behörden ist jede gruppen= oder artikelweise Abstimmung nur eine eventuelle und wird schließlich immer noch über das, aus der gruppen= oder artikelweisen Berathung und Abstimmung hervorgegangene Resultat in globo abgestimmt.

Wäre dieß nicht zu komplizirt, müßte demgemäß auch jede gruppenweise Volksabstimmung den Charakter einer eventuellen Abstimmung haben. Sonst läuft man Gefahr, den Volkswillen zu fälschen.

Also schon aus diesem Grund ist die gruppenweise Abstimmung verwerflich. Sie kann auch schlechterdings nur vom Opportunitätsstandpunkt aus verfochten werden. Man hofft, durch dieselbe wenigstens Etwas, wengstens den Kirchenartikel, unter Dach bringen zu können.

Aber ihr Klugen, ihr täuscht euch gewaltig! Ihr vergeßt, daß die gleichzeitige Vorlage mehrerer Materien die Masse des Volkes stets verwirrt, stets unschlüssig und mißtrauisch macht. Ihr vergeßt, daß ihr durch die Zerlegung des Revisionswerkes in verschiedene Gruppen der Revisionsbewegung ihren hauptsächlichsten Impuls entzieht! Ihr vergeßt, daß ihr einen mächtigen Strom in kleine Bächlein zerlegt und diesen Strom seiner unwiderstehlichen Kraft vollständig beraubt.

Wagt ihr es nicht, euch für die Globo=Abstimmung zu entscheiden, so gebt uns wenigstens Eins: die successive Abstimmung über die einzelnen Materien. Zuerst Militär und Finanzen, oder Schule und Kirche, und dann successive die anderen Gruppen. Aber dem Volke immer nur Eine Vorlage, Ein Ja oder Ein Nein!

Gebt ihr uns diese successive Abstimmung, so ist es immer noch möglich, daß die Revisionspartei beisammen bleibt und am Kampftag als geschlossene Phalanx aufmarschirt. Gebt ihr uns aber die gleichzeitige

Abstimmung über die verschiedenen Gruppen, so übernehmet auch die ganze Verantwortlichkeit, wenn durch diesen Keil die Revisionspartei sollte auseinander gesprengt werden.

Doch, w i e ihr uns die Sache vorlegt, ist am Ende nicht so wichtig, als w a s ihr uns vorlegt. Ist der Inhalt des Revisionswerkes gut, entschieden gut, so hoffe ich, es werde auch bei der gruppenweisen Abstimmung jeder Revisionsfreund dazu stimmen.

Allein das Schiff der Revision, das noch diesen Sommer mit geschwellten Segeln lustig und geraden Wegs seinem Ziele zusteuerte, ist seither durch das Laviren der beiden Kommissionen in bedenkliches Fahrwasser gerathen. Nur wenn sich die Räthe selbst mit aller Macht aus diesem Fahrwasser wieder herausarbeiten, kann der sonst unvermeidliche Schiffbruch vermieden werden.

Zum Militärartikel der nationalräthlichen und zum Rechtsartikel der ständeräthlichen Kommission wird die Linke der Revisionspartei nie ihre Zustimmung geben. Unser Minimum sind hier die Anträge des Bundesrathes. Bevor wir in unsere neue Wohnung einziehen, wollen wir wissen, ob dieselbe wohnlicher ist, als die alte. Unsere liebe, aber sehr schadhafte Bundesverfassung von 1848 wollen wir nur gegen etwas Besseres, nicht gegen Flickwerk vertauschen.

Darum — caveant Consules! Gebt uns Brod, nicht Steine!

www.ingramcontent.com/pod-product-compliance
Lightning Source LLC
Chambersburg PA
CBHW030023030726
47499CB00008B/3099